大旗出版
BANNER PUBLISHING

大旗出版
BANNER PUBLISHING

大旗出版
BANNER PUBLISHING

大旗出版
BANNER PUBLISHING

在森林裡遇見村上春樹

What I Talk About When I Talk About Murakami Haruki.

目錄

太陽之西，遇見100％的村上

國境之南的西方視角

從中規中矩的人物介紹開始，可能不太符合大多數村上迷的習慣，村上春樹本人看到後也可能會感覺過於死板；不過沒有辦法，為了一種容易被人接受的事物一體性的完整——就像滋味誘人的烤全羊——各位就權且接受吧。

以下是村上的個人簡歷：

村上春樹，一九四九年一月十二日出生於日本京都市的伏見區，是家中的長子。出生不久舉家遷往兵庫縣西宮市夙川，父親是和尚之子，母親則是船場商家的女兒。

這樣的說明或許會引來村上君的不滿，按照他小說中的表達方式，可能會冷冰冰地說出「何苦把父母也牽扯進來。」——不過，這樣的情景大概更接近趣味盎然的現實生活，誰都活在現實中，村上春樹也不例外。

村上的父親是國語老師，並且很愛看書，潛移默化地影響了自己兒子的閱讀興趣也在必然之想。能夠大量閱讀自己喜歡的書籍無疑是幸福的。當然，所謂「喜歡的書籍」是將漫畫和週刊雜誌排除在外，只限於父親允許看的正經書，父親口中的正經書指的是當時家裡每月向書店訂購的世界文學全集，因此當時小小年紀的村上就接觸到了外國文學，主要是歐美文學，而自己母國的文學村上基本沒有涉獵，除了[1]夏目漱石和極少幾位出色的文學大家。

關於這一點，後來名聲已然響噹噹的村上說，自己至今的讀書範圍仍然限於外國文學，他感歎自己在閱讀方面是或許三歲看大七歲看老，最初的環境決定了他的讀書趣味。

兒時外國文學的閱讀經歷，是否影響了村上春樹日後上大學時對專業的選擇和閱讀方向，這一點並不難做出回答，大學念的是西方戲劇理論和希臘悲劇為主要學習內容的戲劇專業，而課外讀物——這個詞語活像八十年代的尖領花襯衫——則一律是西方政治和哲學方面的著作。這裡插播一段小小的八卦新聞：坦言受村上文風影響的純愛作家[2]片山恭一與之相比，似乎有過之而無不及，不僅學士和碩士論文寫的都是馬克思、恩格斯，連黑格爾

1 夏目漱石：日本近代文學史中的重要人物，被稱為「國民大作家」，頭像被印在一千日圓的紙鈔上。他融會東西文化，精擅英文、俳句和漢詩，門下有芥川龍之介等名士。著有《我是貓》等知名作品。

2 片山恭一：日本小說家，代表作有《在世界中心呼喊愛情》等著作。

也不放過，統統放進了自己的腦髓。

言歸正傳。西方文學的閱讀經歷，大學時期的西方戲劇專業研究，與其說是兩隻不同品種的蜥蜴撞在了一起，不如按佛家的說法「因緣」兩字來得更為貼切。雖然爺爺是和尚，但迄今為止，村上春樹似乎還未皈依佛門。不管用什麼樣的說法，生長於日本關西地區，自稱為「百分之百的關西種」的村上春樹，是以一種「西方」的視角來觀察這個已經運轉了四十六億年的世界，因此，描繪出西方的印象對他來說，是跟呼吸一樣再自然不過的事情了。

在走上文學的創作道路後，這種西方的視角影響了村上的價值觀，影響了對事物的感受方式，也影響了他小說人物的喜好，小說裡的主角，不是看康德的《純粹理性批判》就是看《大亨小傳》，[3]沙林格、[4]赫曼·赫賽也毫不猶豫地收入囊中；音樂只聽西方的，古典、搖滾還有爵士，在這一個層面上，小說中的各色人等也不妨說是村上春樹妙趣橫生的化身。

小說是「文學撒謊者的高級遊戲」，而村上以有別於傳統日本小說家的獨特筆調描繪出印有「很村上」標籤的文學風貌，從而獲得了非凡的聲譽，這不能不說是西化視角的成功；而其中，明顯的歐化文體、歐美小說似的結構和寫作手法、尤其是與日本[5]私小說全然不同的隱隱綽綽的「疏離感」，更是諸多村上粉絲愛之及狂的標誌。而正是這一切，構成了村上及其小說的特質。

也正是以西方的視角來詮釋自己的定位，村上春樹才能夠跳脫出母國的意識樊籠，以愛之深恨之切的嚴厲態度來審視自己的國家。這種審視很少帶有「坐下來喝上幾杯」的友好氣氛，而是強烈的質疑和嚴厲的批判，以這種姿態出現在自己小說裡的，就成了探索人性之惡的眼睛，如《發條鳥年代記》。如《海邊的卡夫卡》，如《黑夜之後》。

不可否認，村上中後期的小說變得越來越「重」，那和這種以西方視角來眺望自身民族一個多世紀以來的暴力和惡行是緊密相關的。我們看到逃離炮灰命運的日本兵，看到了因為戰爭而疏散的孩子，也看到了因為戰爭而成為天涯孤客的女人，對於讀者來說，這些是沉重而又不容忘卻的。也正因為如此，很多評論者說村上春樹是一個沒有「身分感」的作

3 傑羅姆．大衛．沙林格（Jerome David Salinger）：美國作家，其作品《麥田捕手》（The Catcher in the Rye）被視為二十世紀文學經典。

4 赫曼．赫賽（Hermann Hesse）：德國作家，一九四六年諾貝爾文學獎得主。著有《車輪下》、《流浪者之歌》等名作。

5 私小說：是二十世紀日本文學的一種獨特體裁，以「自我」為其核心，自我暴露為敘述手法，屬寫實主義的風格，是日本近代文學的主流。不過近來因其過於封閉的特性，有沒落的現象。

家，這種「無身分感」是西方視角的沿伸，同時也是作為作家成熟的標誌。簡單說來，這種標誌成全了其作為世界性作家的聲譽。

村上的「西方視角」是一次成功的「背叛祖國」的行為，從村上接觸西方文學開始，無形中他就成了日本文化的「逆子」，正是他的「背叛」，作為讀者，我們才有幸領略到不同凡響的異樣風景。風景中有搖滾巨星，爵士樂手，有很多現在還在四處忙於演唱會的流行歌手，也不乏西方式的生活方式和西式美味，而在6川端康成筆下經常出現的神社、寺院、藝妓、茶道等典型的日式場景和道具則一概「拒之門外」。

雖然缺乏日本味，但說村上春樹的西方視角是崇洋的表現也有失公允，否則聰明的讀者和精明的編輯早就臭雞蛋伺候了，而他自己也不會在國外遊歷了一番後還回到日本。說到底，西化的視角無非是給村上插上了能觸碰「自由」的翅膀，讓自身的視野愈發廣闊，自己的心摸上去也愈發舒暢。村上說，他以前一直想逃離日本，因此長期客居美國，幾年過後又因為想多瞭解自己的祖國而毅然回到了日本。雖然他認為離開日本和後來回到日本，都是順理成章的事，但村上始終覺得，日本是個家庭似的國家，這個大家庭讓他不舒服，重要的是，那裡缺乏了自由。

村上迷們或許不會去理會什麼西方視角，也不會去探究日本這個國家到底自由不自由，讀者只關心讀者應該關心的，那就是這本小說值不值得我掏錢買下它，值不值得我熬夜將它一口氣看完，唯有這樣的小說才是好小說，而寫出這樣小說的作家才算是好作家。從一點上來看，村上是成功的。

村上春樹的小說就像水井（或許是口乾枯的井）的入口一樣誘惑著每一個想一睹村上文學風貌的人，面對村上這一口井，每個人或許都會問這口井有多深，但是不管這個問題有沒有答案，手捧村上小說的人最終都義無反顧地跳了下去，而在這不斷下落的過程中，每個人也都看到了自己的身影。

6 川端康成：一九六八年諾貝爾文學獎得主，是首位獲獎的日本作家。著有《雪國》等名作。

六〇年代的孩子

有人說村上春樹是文化的流行指標，也有人說村上春樹其實一點也不時髦，但不管是「流行指標」還是「不時髦」，數以萬計的「文青」一聲招呼都不打，橫衝直撞地就將村上「強行」拉進了自己的陣營，以迅雷不及掩耳之勢給村上貼上了一個新的標籤：「文青代言人」。對於村上的粉絲們來說，這個標籤對於自己的意義更為重大，印象也更為深刻。

即便村上這棵「春樹」已經是六十多歲的身子骨，即便村上說自己是六〇年代的孩子，但村上的擁護者們——包括文青們——似乎並不介意時間上的差距，而始終把村上當成「我們自己人」。

六〇年代的村上，正值意氣風發、青春無限的大好時光，那個時候，「文青代言人」村上春樹身處神戶，正為以時髦音樂和電視節目為代表的美國文化所吸引，聽美國歌曲，哼美國調子，喝美國飲料，吃西式餐點，身陷那文化所構築成的奇幻世界裡；而他文學上的最愛，則當屬美國偵探作家[7]雷蒙．錢德勒的《漫長的告別》，據村上講，自己看了這部小說十幾遍。像村上春樹一樣被美國文化深深吸引的人不止一個，而是整整一個世代，這一代的人都是在六〇年代嬉皮文化的大背景下成長的。

六〇年代的日本經濟已經從「二戰」後的復甦期走向了快速發展期，新幹線開通，彩色電視逐漸普及，介紹西方文化和享樂生活的時尚週刊在這個時候也紛紛創刊，而以反對美日安保條約為主的學生運動也不甘寂寞似地登場，罷課、學潮、占領學校事件頻繁發生，血氣方剛的村上雖然沒有參與具體活動，但對當局的政策時有不滿，常說些憤憤不平的話，後來乾脆不去學校，以打零工和泡爵士酒吧度過大學時光；這些情況也都反映在小說中，如《挪威的森林》、《海邊的卡夫卡》，時代的影響力可見一斑。而人們之所以喜歡村上，或許在某種程度上也是因為村上展現了這種大家相對陌生但又令人滿是好奇的生活。

隨著國家實力的崛起，整個日本社會逐漸擺脫黑白映像，開始走入全新的霓虹燈歲

7 雷蒙．錢德勒（Raymond Thornton Chandler）：美國推理小說作家，其寫作風格對後來的推理小說影響深遠。

月，而人們也在這時迎來了自己的時代；與八〇年代的經濟黃金時代和九〇年代的泡沫時代相比，六〇年代對人們來說，是充滿夢想的年代，也是充滿無限回憶的年代，有的人用故意失憶來回憶，有的人用電影語言來回憶，而村上春樹在進入文學世界後，則很自然的用小說這種形式來回憶屬於他的六〇年代。

這種回憶是顯而易見的，如同人類的悲傷顯而易見一樣。當我們隨手翻開一本村上的小說，六〇年代的風情便像清風一樣撲面而來，繼而六〇年代的音樂從老式唱機裡吱吱啦啦傳來——有 Beatles，有 The Doors，有 The Beach Boys，有 Bob Dylan，The Rolling Stones 當然也不會少，這些名字如今聽來有些已然陌生，有些至今卻仍如雷貫耳；另外還有各式各樣在六〇年代風行一時的東西，全都一股腦地拋給了小說裡的主角，也拋給了村上的粉絲。

通過村上極具穿透性的描寫，人們能感受到一種來自那個年代的憂傷和憂鬱，這是村上春樹對六〇年代獨有的情感與抒情，即便是作為若有若無的小說背景，即便小說中的人物說著個性十足的對白（問：『何以曉得？』答：『何以？只是曉得。』），開著氣派的名貴跑車（五反田的瑪莎拉蒂），但「六〇年代」作為村上情感寄託的固有切入方式，都讓我們讀他的書而欲罷不能，有的人甚至學起小說裡的樣子，聽著爵士樂，喝起威士忌，穿梭在人群熙攘的大街或是發呆於寂靜無聲的小屋，不管是貨真價實，還是徒有其表。

有人說，村上春樹擅長以現代人的敏銳感受和六〇年代慣有的嘲諷眼光，描述充滿孤寂和虛無的逝去青春。這一點毫無疑問切中了村上迷的要害，他們要的就是這種孤寂和虛無，也正是孤寂和虛無，讓村上的小說一次又一次敲開了年輕人的心扉。

村上春樹在一九七九年時正式踏上文學創作的道路，翌年，就到了電光火石般的八〇年代，與村上和六〇年代的深刻記憶一樣，生於八十年代的人們，現在也已經成年了，他們或在戀愛中甜蜜，或在事業中茁壯，或在失業中迷茫，閒暇之餘，走在大城市喧囂的馬路上，或穿梭於地圖上找不著的無名小巷裡，記憶中也許會冒出《七龍珠》、《美少女戰士》、《小叮噹》等卡通的畫面，會想念起《魯冰花》、《兒子的大玩偶》這樣的電影，也會不時哼起張信哲、齊秦或熊天平的情歌，此類例子不勝枚舉。

熊天平在《愛情電影》裡唱道「在別人的劇本演自己的緣分」，借用這樣的句子，村上春樹是否「在自己的小說裡演繹消逝不再的歲月」？這樣的疑問，即便是死忠的村上迷也無法回答，倒是沒有答案的好；正如村上所言，小說並不是產生具體結論的東西，想要在村上的身上或是在他的小說裡找到終極答案顯然不太容易，一如六〇年代給予村上光怪陸離的面孔一樣。

對村上來說，六〇年代無疑具有啟蒙青春的意義，這種啟蒙反哺了他的價值觀和生活方式，豐富了他的精神世界。這話雖然玄了點，但事實就是如此。青春是迷人的，但也是短暫的，當我們仰望天空的朵朵白雲之際，抱怨女友不夠溫柔的時候，人生的一半或許就悄悄溜走了。六〇年代已經過去了幾十年，當年的「鬥士」成了西裝筆挺的中產階級，當年的血氣方剛成了如今的心平氣和，很多事情都改變了原本清晰的模樣，這讓人有點摸不著頭腦。

摸不著頭腦的還是摸不著頭腦，而村上則始終用著他那個好腦袋與「心平氣和」的自己保持著完美的距離，他不止一次，通過筆下或俏皮、或嚴肅、或面無表情的人物來表達他對那個時代悵然若失的感覺：

「任何人都有出發點。來日方長對吧？不可能剛開始就得到完美的東西」

——《東京奇譚集》

「說起來，從〈Good Vibrations〉之後，幾乎沒再聽Beach Boys，不知怎麼就不想聽了，而開始聽更重的東西。Cream、The Who、[8]Led Zeppelin、Jimi Hendrix……總之進入了追求刺激的時代，欣賞Beach Boys的時代已經過去。但至今仍記憶猶新，例如〈Surfer

Girl〉等等。童話，可是不壞。」

——《舞・舞・舞》

「她好像覺得你有意和她保持距離，自從過了某個年齡以來。」

——《黑夜之後》

8 Led Zeppelin：即齊柏林飛船，英國搖滾樂團，是七〇年代最流行的搖滾樂團。

爵士酒吧裡的夜行動物

爵士酒吧是村上小說裡出現最頻繁的裝置道具，在《1973年的彈珠玩具》裡，村上以寫生似的細緻筆調描繪了一種五光十色的酒吧情調：

「爵士酒吧坐滿了顧客，已經許久沒這麼熱鬧過了。差不多全是沒見過的新客，但客人總是客人，傑當然不至於不快。冰錐破冰塊的聲音，咯喳咯喳搖晃加冰威士忌杯的聲音，笑聲，投幣點唱機裡傑克遜五人組的歌聲，如漫畫書上白泡泡圈那樣飄上天花板的白煙——好一個盛夏再來一般的酒吧之夜。」

如今的村上春樹，在人們所能看到的照片上，露著淺淺的，似乎想要說點什麼的微笑，模樣普通，穿著樸素，與喜歡村上的人的想像或許大相徑庭；但這或許就是村上想要傳遞的一種「距離感」，一如他在小說裡一直強調的「匿名性」。看著他為數不多的公開照片，人們或許會產生這樣的疑問：年輕時的村上會是什麼樣的呢？

在文學創作中任何的聯想和想像都是允許的，而現實生活似乎也應該有這樣的可能（村上也許會贊上一句：「這麼做也不賴。」），於是，我們不妨這麼想，年輕的村上和當代的青少年也許沒太大的不同，現代人的消費速食文化，追逐流行，去舞廳，或是去KTV，也可能整夜整夜泡在網咖，玩各種網路遊戲，那麼村上在做什麼？村上在泡酒吧，像另一群年輕人一樣，只不過那些紅男綠女什麼酒吧都泡，而村上只對爵士酒吧感興趣。

村上常去光顧的爵士酒吧可能是「傑氏酒吧」，也可能是門前一灘積水的無名小店——名字不重要，就像表情不重要一樣。但不管規模如何，裡面總有村上愛聽的爵士樂，愛看的各色人等。爵士酒吧的興盛能否看做是一個城市走向現代的文化標誌，目前還沒有完整地令人信服的研究結果，但可以肯定的是，穿著緊身褲，套著緊身T恤的村上，流連在歌舞伎町的爵士酒吧，與外面喧鬧吵雜的人間萬象交相輝映，也算是十足的行為藝術，帶有強烈的「時代潮流」意味。

「校長」譚詠麟說自己永遠二十五歲，村上雖然六十多歲了，但無論是從他不動聲色的談話還是對日本文壇決不妥協的倔強姿態，抑或是做出那些在外人看來頗為有趣的事情來看，這個個頭不高的男人依然蕩漾著誰都無法阻擋的青春氣息。而這種歷久未消的青春氣息，大概從時光的起跑線上就已經註定下了吧——爵士酒吧泡出來的村上，恐怕多多少少感染上了略帶憂傷，但不失希望的人生態度。

爵士酒吧輕鬆愉悅、毫無精神負擔的氣氛，像病毒一樣傳染了村上，讓此後村上的人生和爵士樂緊緊扣在一起，或許就連村上本人都不曾想到，這種氣氛竟然悄無聲息地映現到了自己的小說裡。記起朋友說過的一句話：「人生如小說，小說如人生。」即便是在充斥著各種文藝思潮和社會萬象的當下，對於村上當年爵士酒吧的生活大概也可作如是觀。

如果我們要對「村上春樹」下標籤，那麼他是一個男人，一個狂熱的爵士樂發燒友，一個能寫出趣味盎然小說的作家，一個馬拉松愛好者……，過不了多久，這樣的標籤會越來越多；與其說世界如萬花筒，不如說村上更像是一個萬花筒，在燈紅酒綠、鶯歌燕舞的酒色之地，村上選擇了頗具人文氣息的爵士酒吧，一個人聽歌，一個人發呆，一個人獨處，不知道那時的他喝不喝酒，抽不抽菸，但難以打發的孤寂無奈感總是有的。[9]林少華說，他最欣賞的就是村上那種把玩孤獨的姿態，這種把玩恐怕從獨自泡酒吧起就開始了吧。不是誰都能把孤獨把玩的像村上那樣令人叫絕。

透過酒吧間村上挺直的背影，男人看到了自己無數次追逐的夢想，女人看到了自己無數次渴望的愛情，孩子們看到了自己無數次塗鴉的畫作。村上也有自己的得意畫作——在自己的前面，爵士酒吧斑駁的牆上掛著一幅西裝男人吹薩克斯的油畫，周圍的客人看上去大多孤獨寂寞，慵懶地靠在燈光昏暗的角落，一口一口啜著加了冰塊或沒加冰塊的威士忌，喝完一杯，掏出香菸抽著，凝神聽著從老式唱盤機裡流淌而出的爵士樂。有幾張熟悉的面孔，但大多數人都是來去匆匆。

這樣堪稱經典的場景在村上遠離校園，閃身鑽進酒吧的日子裡也許時常出現，也許只是文青們一廂情願的想像，但無論是真實還是想像，都毫不例外的彌漫著享受孤獨、把玩孤獨的真性情，這也是文青們最欣賞的經典氛圍、經典情調。

當年村上十九歲，你呢？

9 林少華：村上春樹大多數簡體版作品的翻譯者。

從酒吧老闆到「群像新人賞」得主

人生跨入第三十個年頭之際，村上春樹寫出了生平第一部小說，名字聽上去非常詩意——《聽風的歌》，有的地區也譯作《且聽風吟》。這個小說的寫作過程充滿了趣味性。平常的日子，平常的心情，平淡無奇地經營著自己的酒吧，不知道什麼時候就冒出了想寫點什麼的念頭，念頭剛一閃現，行動就緊隨而至，買了稿紙和鋼筆，趴在酒吧的廚房餐桌上日以繼夜地寫，寫完後投給了群像新人賞評審委員會，之後便沒再多加理會。

這樣有趣的寫作過程或許只有發生在村上身上才能被人接受，也可以說正因為是村上，才做出了這樣妙趣橫生的事。那時的村上，身邊已經多了一個女人，即妻子陽子。兩人結婚是在一九七一年，那時村上二十二歲，還是個大學生，即便當時的日本西風日盛，但學生結婚的事情也不多見。結婚後大概覺得應該承擔起家庭責任吧，村上春樹找了幾份與自己專業相關的工作，但是看到實際工作內容後卻又覺得索然無味，乾脆就抽身而出，和妻子用平時打工攢下的錢再加上銀行貸款，開了家酒吧。

能幹出這種事來的唯有村上，「村上情調」就是在日子平淡、陽光柔和的普通人生中，尋找一個探險的入口，不管村上當時是否有意識到這一點，但他所做的無疑是那種能讓女人著迷的酷帥行徑。

酷酷的村上，即使給自己的酒吧取名也與眾不同，據說是用了自己在三鷹市時養的一隻貓的名字。任何事物都以身邊熟悉的名字來命名，這便是村上式取名法，「老鼠」是這樣，「Johnnie Walker」同樣如此，但是對於當時的酒吧老闆村上春樹來說，自己這點有趣的愛好只能對著有限的客人和獨一無二的妻子展現，如果想要讓更多的人知曉這個酒吧老闆竟然還有這一手，恐怕得在北極架個超大擴音喇叭。村上沒有這麼做，他聰明地選擇了自己擅長的領域，比如寫寫唱唱什麼的。

雖然村上說，剛提筆時遇到了一些困難，畢竟離開學校後很久沒動筆了，但是很快，他就進入了狀態，且一發不可收拾。有些東西往往是有心栽花花不開，無心插柳柳成蔭，《聽風的歌》抛出去後，村上即刻回到了他既有的生活中，雖然不可免俗地有著很多夢想，但沒有過多幻想。

生活是個小甜心，能讓你哭，也能讓你笑。手稿投出去後不久，村上春樹的小說便獲得了肯定，成為一九七九年第二十二屆「群像新人賞」得主，時隔不久，講談社便出版了《聽風的歌》單行本，村上也以此為標誌走進了「作家」的行列。這部小說迄今為止，光在日本就已經銷售超過兩百萬冊。

有人曾歸結作家們的特點：在寫作之內要有博愛之心、有獨特的癖好，在寫作之外要有琴棋書畫或做飯旅行之類的愛好，最要緊的，是必須有健康的體魄——在創作高峰時突然駕鶴仙去可不是鬧著玩的！照如此分析，村上還算是常人理解範圍內的作家，但他又不同於所謂的「大眾作家」，村上有村上的「勢力範圍」，懂得如何在有效半徑內將自己的能力發揮到極致。

和這樣的人待在一起應該是件很舒服的事，互不干涉而又心靈相通——知道你喝什麼牌子的酒，但從不強迫你喝；可以談論愛情、友誼、人生，可以就某片掉落的樹葉展開具有哲學意味的談話——「這樣的確不錯。」村上說不定會在一旁這麼說上一句，然後大家相視一笑，陷入深深的沉默。

看村上的書，感覺就像是有個多年未見的老友向你陳述他「遊歷江湖」所遇到的奇聞軼事，他邊講故事邊會放上幾張唱片，活絡氣氛，不至讓人覺得單調，《聽風的歌》便是這樣一首老歌。

《聽風的歌》是村上青春三部曲的第一本書，情節簡單，篇幅也短，正是因為在寫作風格和整體架構上的「簡單」，使村上春樹能夠在一九七九年的群像新人賞評選中脫穎而出；就像其中一位評審指出的那樣，村上的處女之作「每一行都沒多費筆墨，但每一行都有微妙的意趣。」

從默默無聞的「酒吧老闆」到聲名鵲起的新生作家，從一個除了熟客、妻子外無人問津的一般人變成了各大媒體爭相報導的暢銷作家，這樣的變化不可謂不大，別的暫且不提，單單原本平靜的生活被打亂就讓村上有點措手不及，而且對周圍的朋友來說也顯得有些突然。看過他的作品後，朋友們的意見褒貶不一。

村上陷入了前所未有的煩惱中，他必須給自己一個最終的答案：何去何從？是將自己鎖在「酒吧」這個固定的場所，任由朋友和顧客以觀看人氣作家或名人的心態來看自己，還是趁早去尋求另一個清新的空間？以前認為四十歲時肯定能寫出像樣的東西，現在未到四十歲便寫出了有模有樣的東西來，受到了大家的歡迎，成了社會話題——還有什麼可猶豫的呢？！

抱著對自己能力的信心和無法放棄地對寫作的鍾愛，村上決定專心從事創作，做一個「真正的作家」。打定主意後，村上很快辦妥了酒吧的轉讓事宜，一九八一年，三十二歲的村上春樹和妻子移居到了千葉縣船橋市。

也正是因為村上的「最後決心」，他的文學「春樹」逐漸繁盛起來，中篇短篇長篇的不斷推出，充分說明了村上無與倫比的創造力。毫無疑問，創造力與想像力一樣重要。

村上風味的義大利麵

村上春樹在多部小說裡都談到了義大利麵，因為裡面的主角愛吃義大利麵，他們通常單身，孤獨，身邊雖然有幾個能說話的朋友，但一如這空曠的宇宙一樣，小說裡的男人和女人的心都是空的。他們需要用自己喜歡的義大利麵來填滿自己的空心，為了這一點，他們挖空心思做出了各式各樣的義大利麵，正宗的或不正宗的。

對於閱讀村上小說的人來說，順著義大利麵瀰漫的氣味走下去，是我們一窺村上文學世界的重要通道。在這一刻，村上不是作家，而是技藝精湛的廚師，他不厭其煩地一次又一次教我們義大利麵的作法。

「義大利麵條不錯，把兩顆大蒜切得粗些放入，用橄欖油炒一炒。可以先把平底鍋傾斜一下，使油集中一處，用文火慢慢來炒。然後將紅辣椒整個扔進去，和大蒜一起炒，在苦味尚未出來時將大蒜和辣椒取出。」

廚房新手做到這時或許會有些忙亂，於是，村上好心的提醒我們「這取出的火候頗難掌握」、「火腿要切成片」並且「炒得脆脆地才行」。

村上有村上的獨特配方，他操刀的義大利麵讓人剛吃第一口就恨不得馬上吞下第二口。除了常見的配料外，他的義大利麵裡還有村上式晴空萬里的孤獨和無可言喻的惆悵；他對義大利麵下的功夫有時讓人以為他不是一個純文學作家，而是一個深藏不露的美食家，不過話說回來，村上是作家也好，是美食家也罷，只要是「村上風味」，又有何妨。

村上春樹是個不折不扣，如假包換的義大利麵愛好者，這個名氣在文藝圈是響噹噹的，在[10]〈義大利麵之年〉中，村上春樹將自己對義大利麵的鍾情向他的粉絲娓娓道來，於是我們油然念起這樣一句話：村上春樹愛義大利麵就像愛妻子。村上和義大利麵的緣分會是多久呢？這是一個偽命題。

關於義大利麵的起源有各種版本，有人說是從古羅馬起源的，有人說是俄國人發明的，近幾年來則有更多的人相信是當年馬可波羅從中國帶回去的。據說義大利麵的種類至少有五百種，再配上醬汁的組合變化，可做出上千種的義大利麵。村上最拿手的是哪種義大利麵？最愛吃的又是哪一種？直子沒有告訴我們，綠也沒多說一句，奇奇閉口不言，蟋蟀、小麥、薰倒是說了幾句，但始終不在重點上。

村上的義大利麵手藝從何而來？就他常有的趣味來說，許是個人DIY也未可知，適口的東西假如胃袋能愉快接受，又何須在意出處？村上一定是這樣想的。所以我們一再看到村上式的義大利麵做法，聞到村上式的義大利麵味道，唯獨沒有看到村上式的義大利麵源頭。

日本人愛吃麵在世界上是出了名的，就像山西人愛吃醋一樣有名。日本人愛吃的麵主要是蕎麥麵和拉麵，因地域不同，口味和調味料各有差異，很顯然，作品中少有「日本味」的村上，在吃上也與傳統日本人的口味大相徑庭。

雖然義大利麵在日本遍地開花，雖然日本年輕人也十二分的鍾情義大利麵，但以村上現在的年紀來論，怎麼也逃脫不了「少數派」的命運。這種「少數派」的義大利麵追求正如有人評論的那樣：「他也許稱不上是全世界最有名的義大利麵愛好者，那至少也是亞洲最出名的愛麵人之一。」

10〈義大利麵之年〉：收錄於《遇見100%的女孩》一書。

說村上而不說義大利麵，恐怕也是會讓村上皺眉的。

村上筆下那些住在東京或是大阪、京都等大城市的，年紀在二、三十歲上下的男性，當他們從冰冷的現實社會中返回到多少還算溫暖的家中，成為自我生命的強者，邊流著熱淚邊品嘗村上親手為之做的義大利麵時，會湧出怎樣的心情呢？

他們也許會想，有這樣美味的義大利麵，即使與人們普遍的生活姿態和價值觀格格不入，即便單身一人無人關心，也能找到生活的滋味而活下去的吧。這樣說來多少有點傷感，實際上，真正的悲傷和真正的快樂都很難得到，就像陰天晴天交替出現，就像村上春樹若即若離。村上式的義大利麵所傳達的意思大致也是如此——呈現出來的便是一種生活，不管是熱氣騰騰抑或冷了半截，吃下去的就是一種姿態，不管你是欣然接受還是嫌不合自己口味。村上說，理解的人自然理解，村上式的義大利麵也可作如是觀。

翻開《舞・舞・舞》，看到這樣一段文字：「放下電話，我進廚房細細切了幾顆芹菜，拌上蛋黃醬，邊嚼邊喝啤酒。有電話打來，是雪的。雪問我在幹什麼，我說在廚房嚼著芹菜。她說那太慘了……」看到這裡，村上自己或許會會心一笑（很多人也許都會會意一笑），笑過後，覺得「的確夠慘」，村上才會對自己親手做的義大利麵連稱「不錯不錯」。可愛的孩子氣躍然紙上。

於是，無論是美妙的人生還是破滅的人生，是離愁別緒還是無心入眠，都隨著我們和小說中的各色人物一起輕輕地將義大利麵塞入口中而變得不那麼重要，重要的是我們自己如何看待這些，一如我們如何收住面對村上式的義大利麵時流下的口水。

對村上來說，做義大利麵吃義大利麵，是一種散發著夏日光熱的、能喚起年少情懷的生活方式，很多人都嚮往這種生活方式，它提供了一種生活範本——痛又快樂著的範本。至少有些情感充盈的城市浪人是這麼想的。村上春樹的義大利麵到底是否符合你期待中的味道，想來是要你親口嘗一下了。

對村上來說，天天都是「義大利麵日」，對於我們呢？

如果我們的生活像威士忌

除了村上春樹喜歡的JAZZ（爵士樂），Whisky（威士忌）也是村上的寶貝，這是村上式生活的重要道具和象徵。「在清潔安靜的酒吧，裝有堅果的罐子，低沉的聲音播放著M.J.Q的VENDOME，然後雙份的威士忌加冰。」村上享用著這份恬靜怡然，引得眾粉絲尖叫連連，因為這也是他們所夢寐以求的現代都會情調。在他們心中，爵士樂不一定要最正宗的，威士忌也可以是不出名的，但情調一定要到位，要的就是這個生活映像。他們努力在村上架設的各種映像中尋找自己的人生倒影，以此來建築起自我認同的價值堡壘。

這樣的映像俯拾皆是：

他帶了一瓶上等蘇格蘭威士忌，和在小田原買來的什錦魚糕禮盒當禮物。我和舅舅坐在簷廊吃魚糕，喝著威士忌。

——《發條鳥年代記》

我把手電筒橫放在桌上，調整呼吸，在那光中調酒。打開Cutty Sark酒瓶，用冰夾把冰塊夾進玻璃杯，然後注入威士忌。

——《發條鳥年代記》

在寬大玻璃杯裡放進三塊或四塊冰塊，再注入琥珀色濃濃的威士忌。於是冰塊溶解的白色水液，在和威士忌的琥珀色混合之前一瞬間滑溜地游泳，這真是非常美。

——《世界末日與冷酷異境》

村上喜歡喝酒，也能品酒，為了品嘗道地的威士忌，還特意攜了愛妻一道去了蘇格蘭和愛爾蘭，享受天下無雙的Single Malt單一麥芽蘇格蘭威士忌，細品Tullamore Dew愛爾蘭之最，回國後寫下了《如果我們的語言是威士忌》——連書名也念念不忘威士忌。

對威士忌青睞有佳的村上，總是不忘和他小說裡的人物分享自己的愛好。他用Johnnie Walker給「貓殺手」起名，還賭氣似地說「喜歡威士忌的人一眼就能看出來」。好一個村上春樹。

Johnnie Walker是蘇格蘭威士忌中堪稱翹楚的一種酒，以產自於蘇格蘭高地的四十餘種麥芽威士忌為原酒，與混合穀物威士忌勾兌調配而成。據說頗受亞洲人的歡迎。

這個殺貓不眨眼的「Johnnie Walker」便是有著這樣一個名字，這個貓殺手同樣愛喝威士忌。很多人愛喝威士忌，不論是虛構人物還是現實血肉，但像村上那樣喝，那樣寫的人倒是不多見，於是無形中，他也就成了某種時尚潮流的鼓動者，讓普通人通過他的描述，看到了自己想像中流光溢彩的現代生活。

威士忌屬於烈性酒，在蘇格蘭已經有五百年的歷史……稍等，現在插播一則新聞快訊：威士忌是釀造歷史悠久，釀造工藝精良的高檔酒品，也是世界最著名的蒸餾酒品之一；目前威士忌供需兩旺，深受廣大消費者的歡迎，同時也是酒吧等娛樂消費場所銷售量最大的酒品之一，是宴請賓朋把酒言歡、或自斟自飲賞玩孤獨的必備酒品。本則新聞報導完畢。

村上春樹愛喝威士忌當然跟新聞報導沒任何關係，有人說喝威士忌的男人有個性、有品味，對此似乎村上也沒多加理睬，甚至可以說喝威士忌跟威士忌本身也沒多大關係，借用村上的語言風格：「只是因為想喝」。威士忌是烈酒，這已經說過了，接下來該說些什麼？只可淺飲不可深喝。那麼和村上一起喝又會怎樣呢？學會像村上那樣在威士忌的世界裡遊刃有餘是需要長時間磨練的，別的不說，單是那種淺嘗即止，不露聲色然而又盡得風流的本事就可供我們學習揣摩一生。

酒和音樂是密友，酒和人生更是密友。

威士忌被一般的人們當成社會地位和優雅品味的象徵，也代表著一種都會風潮的生活存在方式——西裝筆挺、風度翩翩的男士，優雅地拿著一杯威士忌與氣質不凡的女伴相視一笑，輕輕碰杯，緩緩抿上一口——這是影片慣用的橋段，卻也是村上不屑為之的伎倆。對村上來說，這樣既造作又有失想像力。村上只是在想喝的時候才來上一杯，沒有事先預告也無事後說明，頭髮也許凌亂，眼神也許茫然，但酒夠味，人夠味，這是村上迷心目中「真正的村上」。貼近自己，觸動自己，然而自己又無法完全接近對方。村上迷喜歡的就是這種感覺。

「如果我們的語言是威士忌，那麼，只要我默默地遞出酒杯，你接過靜靜地送入喉嚨即可，非常簡單非常親密非常準確。然而遺憾的是，我們居住在語言終究是語言，也只能是語言的世界裡……但，我們的語言有時會在稍縱即逝的幸福瞬間變成威士忌。」

多麼美好的比喻，讓人欲罷不能。說到底，語言也好，威士忌也好，都是村上春樹與精神世界溝通，與外部世界並肩而行，但也決不緊密相連的重要工具。它不像糖果那般柔軟，也不像子彈那樣堅硬，村上始終像個年長的老友一樣，倚靠在一扇斑駁的門框邊，笑眯眯地注視著這個世界。這個世界有雲，有風，有大海；威士忌有 Ballantine's、Chivas

Regal、J&B。生命如流水，威士忌如冬天裡烤火的手。

村上用這隻手不僅溫暖了自己，也溫暖了別人。

需要提醒的是，喝威士忌務必記得要加水或者加冰塊。水能充分釋放出威士忌的香氣，冰塊能展現出威士忌的馥鬱醇厚，讓口腔充分感受到快感。放冰塊時也要注意，不要用碾碎的冰塊，而是將一到兩塊的大冰塊整個放入，如此，你才能享受到不同一般的快感。

好吧，現在就不妨去買上一瓶，慢慢享用吧。友情提醒——飲酒請適度，酒後不開車。

作家和貓的生活

村上春樹是公認愛老婆的模範老公，同時也是一個典型的愛貓主義者，曾經養過很多貓，大學期間養的一隻貓據說名叫Peter，現在和妻子還有貓過著互不干擾又彼此關愛的生活，村上說這是「心平氣和的日子」。世上的人有千千種，世上的貓有千千種；人的世界光怪陸離，貓的世界千奇百怪。

人類有自己的名字，他們叫村上春樹、叫田村卡夫卡、叫大島、叫「文學」、叫「漁夫」，叫……總之很多很多；貓也有名字，貓叫咪咪、貓叫胡麻、貓叫川村，個個生動活潑，讓人忍俊不禁。貓的名字看上去更像是人的名字，而人的名字，在村上的筆下則叫人覺得更接近動物的名字，這是個有趣的現象。從村上小說時常出現「貓」這一角色，而在現實中又喜歡貓這點來看，不如說村上春樹就是貓，而貓則是村上的化身。村上似乎總是喜歡跟這個殘酷的（當然也可能是溫情的）世界唱反調，大學念了七年，在還是學生的時候就結了婚，後來還抱著貓和妻子開起了爵士酒吧。

村上在後來回憶那段奇妙的時光時說，自己在一天工作完後，總是習慣性地把貓放在膝上，一邊喝酒一邊寫自己的小說處女作。村上春樹是個低調的人，就「一般性」來說，貓也不是那種光鮮亮麗、喜歡出風頭的動物；人和動物之間往往存在著某種不可言喻的吸引性與默契感，村上和他的貓們之間的吸引和默契，恐怕不是時間能沖淡的。所謂村上的幸福，不單是他有自己深愛的人、中意的生活而已，很大程度上，是因為村上找到了與外部世界進行有效溝通的方式，而貓咪，很顯然是構築這一有效溝通方式的核心要素之一。

在村上的筆下，他的貓們有生有死，有壽終正寢的，有無辜受難的。《海邊的卡夫卡》裡，出現了 Johnnie Walker 這樣神祕的人物，說此君神祕，並非他出場時的那副詭祕模樣，也非那身奇特打扮，而是因為他出於「收集貓的靈魂來製造出和整個宇宙一樣大的特殊的笛子」這一莫名其妙、殘酷至極，又帶些黑色幽默色彩的目的而殺了很多的貓，很多的貓？是的，很多，別的不說，光是冰箱裡那些被冰凍的貓的腦袋，就足夠讓人渾身打顫，噩夢不止。有人把這部小說看成是「貓的小說」，單是在村上寫作史上頭一回出現那麼多死貓來算，的確也算得上了。

正如村上小說中隨處可見的名菸和名酒一樣，貓的身影同樣隨處可見。依舊是筆調清淡，視線模糊，但性格倔強，脾氣古怪。貓的出現更強化了這種迷離與慵懶，也更有了讓人著迷的村上味。

日本作家中有很多人都喜歡貓，比如夏目漱石、[11]谷崎潤一郎，還有[12]三島由紀夫，名頭都不小；三島由紀夫曾抱著自己的貓拍過很多照片；而谷崎潤一郎在寫《細雪》時，經常有隻貓跟在他的身邊，以致於後來他看不見貓就無法寫作；夏目漱石的代表作《我是貓》最初的靈感或許也是受了家裡的貓的啟發。

這些日本文壇的前輩作家們不僅喜歡貓，而且還專門為自己心愛的貓寫過或長或短的文章，跟對家人的感情相比，對貓的感情一點也不少，似乎一視同仁。與各國的作家相比，這點確實是非常獨特。

據說養貓有很多好處：能夠培養時間觀念，注意衛生，還能抱持愉悅的心情，注重細節，熱愛運動等等。村上是否因為這些原因而養貓不得而知，但是村上生活規律，身體健康，沒有一般舞文弄墨的人的那些臭毛病倒是不爭的事實。貓先生（或女士）生活低調，

11 谷崎潤一郎：日本知名小說家，經典唯美派大師，曾獲諾貝爾文學獎提名，著有《細雪》等名作。

12 三島由紀夫：日本戰後文學的代表人物，被西方譽為「日本的海明威」，曾三度入圍諾貝爾文學獎，一九七〇年時自殺身亡。代表作有《假面的告白》、《金閣寺》、《春雪》等。

村上君淺唱低吟，兩個夥伴自得其樂，倒很像某個實驗性的文藝短片。

「人有形形色色的人，貓有形形色色的貓」村上說得一點沒錯，村上春樹養了兩隻貓，公貓母貓各一隻。兩隻貓的個性都很強，像是進入了青春期。尤其是那只歲數稍大的母貓，吃飯時間不好好吃飯，還經常做些小惡作劇。有時覺得，由於沒有孩子，村上實際上是把貓當孩子來養了，給牠吃好的，給牠關愛，任牠撒嬌。能做到這一點委實不易，君不見虐貓事件何其多。

日本一些城市的巷子裡經常能看到貓，大多是流浪貓，偶爾有幾隻出來獨自耍酷的家貓，但這些家貓一旦自己出門，往往很容易迷路，以致在外餓死的多是家貓，而野貓精通野外生存法則，反倒個個腰肥體胖，明顯營養過剩，急需減肥。說起來，貓有貓的煩惱和困惑，這煩惱和困惑來自貓自身，而人的煩惱和困惑則遠遠不止自身。有趣的是，貓來到這個星球已經有上萬年了，人類從最早的古猿算起也已經有三千五百萬年的歷史了，目前為止貓丁旺盛，人丁旺盛，看來不管煩惱和困惑來自何方，大家活得都很堅強。

有點扯遠了。

貓是一種野性十足的動物，也是一種極喜歡安靜的動物。有時候冷漠有時候溫柔，以個人的經驗來說，與貓一起生活，能發現更多自身與這世界的奇妙，因為貓總是能給你帶來意外，這種意外是狗或是其它動物所難以給予的。生活需要一點意外，如同下雨需要一把雨傘。

貓愛耍點小性子，牠喜歡在身邊的人沒有注意到牠的時候玩失蹤，也喜歡在主人喊破嗓子的時候悄悄回到自己的領地——村上的「旋渦貓」或許就是這幅尊容吧。村上不僅有尋找「旋渦貓」的方法，更有尋找孤獨心靈的妙招。村上和貓，不僅是生活的最佳組合，也是意象人生的絕妙隱喻，至於隱喻什麼，唯有村上曉得。

「我摸一下貓的腦袋，她告訴我貓的名字叫×××。一切恍若去年夏天持續至今的幻影，的確美妙得很。」沒錯，恕我鸚鵡學舌——的確美妙得很。

虛無中的舞步

村上春樹是一棵開在大眾土壤裡的奇異樹，是同時具有柔軟性和堅硬性的「特殊性」作家。他不同於[13]芥川龍之介、川端康成，更有別於片山恭一和[14]江國香織。一如有評論指出的那樣——「村上春樹是一個獨立的、甚至可以說是有點神奇的存在」。從通俗意義上來說，人們更願意把孤寂、失落、無奈、憂愁這樣的字眼冠在村上身上，因為這樣更符合「市場法則」和「讀者的閱讀趣味」；所以「尋找失去的自己」也就成了村上文學最有噱頭的標籤。不管作家本人樂意不樂意，至少廣大的村上迷從中得到了自己所要的東西。

都市形態的惆悵零落，個人慾望的春花秋月，或者是青春歲月的放逐和尋找中的邂逅。現代人的「越長大越孤單」一覽無遺，著實讓充盈著傷懷無奈之情的青年們輾轉反側，難以入眠。村上春樹在對人類共性的靈魂切片中求得了自我衝突的喘息空間與出口——這是一個新的發現，發現在世界平淡無奇地運轉中誕生出的虛無，是如何也避免不了的終極生存形態——我們該以怎樣的姿態去面對這樣的虛無？人之虛無，一如分手之痛楚，是偶然性中無可挽回的必然。貓抓老鼠，蛇吞青蛙，人們為愛情電影偷偷拭淚，為戀人重逢唏噓感歎，毫無疑問，活生生的世界有活生生的喜劇和悲劇，它們不斷上演，就像小孩不斷拿起丟掉丟掉拿起的玩具。而村上作品中時常流露出來的孤獨和無奈的基調，則加深了喜劇和悲劇的衝突，讓人們在這種雲霄飛車般的跌宕起伏中不斷翻新我們對於自身的想像，看得出來，這種想像幫助了我們尋找出一種唐老鴨似的生活風貌。

孤獨和無奈擊中了都市人們空虛的心靈，在五光十色的都會映畫中，所謂空虛的心靈已然成了日常的老友，蠱惑你的雙眼，糾纏自己的肉身。村上春樹的小說一語道破了這一現實環境的真相，對於年輕的族群來說，則構成了他們平常生活的基本內容。這些青春的肉身模仿著村上人物的行為舉止，消費著相對單調的人類生活，他們需要借助一個適合自

13 芥川龍之介：號「澄江堂主人」，俳號「我鬼」，日本代表性作家之一，以《羅生門》、《竹藪中》為世人所熟知。

14 江國香織：出身日本文學世家，是小說作家與詩人，擅長愛情小說。代表作有《冷靜與熱情之間》、《寂寞東京鐵塔》、《準備好大哭一場》等著作。

己的通道來鞏固自己對外界的掌握力，而村上的小說恰好扮演了這樣的角色。

虛無是一種再尋常不過的個人感受，即便再充實的人生，虛無都有可能趁虛而入，與我們笑臉相對或是掩面而泣。對村上來說，虛無並非刻意設置的假像，與其將其視作我們生存的一部分，毋寧說是最重要的一部分。《海邊的卡夫卡》的上島告訴我們：「可是人這東西是要把自己附在什麼上面才能生存的。不能不那樣，你也難免不知不覺地如法炮製，如歌德所說，世間萬物無一不是隱喻。」

世間萬物當然不止限於隱喻。事實上，作為生存的必備條件，虛無不僅是你的老友，更是你與自己打交道的必備手段。這也正是諸多有趣的年輕人喜歡村上春樹的重要因素，他們說：「就是喜歡那樣關於虛無、關於生命渴求但又不可得的意境。」、「那種在自己心裡的失落和憂傷和我固有的虛無感溶於一體，讓我越發難分難捨。」，這樣的讀者和這樣的作家，想來都是這個時代的必然產物。

讀者如此，作家如此，可想而知，小說中的人物更是虛無影像的共有產物。林少華不止一次地指出，村上小說裡那些無妻、無子、無父母、無兄弟、無親戚、甚至無工作的主人翁本身，就是虛無的產物和象徵，這是對現實生活的絕對「簡化」，也是虛無存在的客觀需求。

在「高度發達的資本主義社會」裡，人們或主動或被迫地遊歷在精神與物質之間，尋找屬於自己的一點空間，透過這點空間，看清自己有些模糊的面孔；當代都市，行人匆匆而過，場景快速轉換，人與人的關係變得冷漠，距離感正在無限期地拉長，美國的公路電影時常呈現這樣的主題，日本的電影和動畫對此也樂此不疲。直子和渡邊的青梅竹馬，渡邊和直子「無愛情的愛情」。物質在高速發展，精神在不斷萎靡；但值得令人興奮的是，村上春樹並非一味執著於無限的空虛，他更深刻地著重於對生的渴望。

這就是村上春樹，他用他的書告訴我們，失望與希望同時存在；村上式的虛無不是絕望的懸崖，而是希望猶在的無限可能。我們一次次翻看村上的小說，一次次模仿裡面人物的生活方式，一次次被自己感動，一次次為愛而活。一個文學的男人，他帶領我們走進了人類心靈的最柔軟處，那裡有孤獨的心情，純粹的真愛和被時間洗滌過的心靈。這是村上的故事，更是我們的故事。

這個世界以不同我們習慣的方式存在著，就像狗兒偶爾也會打嗝，貓咪有時也會撒嬌。透過村上小說一再暢銷的這一事實，可以肯定的說，村上的小說正在慢慢影響並改變著他的讀者；這種影響和改變，並非是村上為我們提供了多麼偉大的人生形式，也並不是什麼一己的人生經驗，而是在他的小說中，人們找到了一種認識世界、接近世界、看待世界的方式。

正是這種方式，讓村上小說中的各色人物與我們形成了某種一致的生活基調，也正如此，他們充滿個性、特立獨行的生活方式和虛無孤寂的心靈生活，才能讓我們覺得這並非是空幻的文學意象，而是真實地存在於我們身邊。和我們一起感受，一起喜悲。而這也正是村上文學的迷人之處。

「世界是隱喻。」大島這樣說。

世界也是虛無的——這一點也無須回避，迎接虛無，享受虛無，並在虛無的世界舞動自己的舞步，迎接虛無深處那不一樣的風景，然後「不久，你睡了。一覺醒來，你將成為新世界的一部分。」

聽風的歌，跟著村上春樹跑步

村上春樹的模樣

村上春樹會是什麼模樣呢？是像小說裡的人物那樣，品位不俗、談吐大方、衣著光鮮亮麗的性感男人嗎？人們總是習慣在翻看自己喜歡的小說同時，想像著小說作者的模樣。村上春樹的粉絲們也不例外，事實上，他們對村上模樣的好奇感和對村上小說的喜歡程度一樣令人望塵莫及。

村上春樹並不是那種喜愛拍照的作家，基本上也不太接受媒體採訪，生活很低調，於是人們很難捕捉到這位世界級作家的真實容貌，即便是出版村上作品的出版社編輯，似乎對其印象也不是很深。因為村上習慣在完成自己的作家本分後（即在準時交稿後）迅速回到自己的小天地，從不在外面多停留一分鐘。

也正由於村上低調的性格，他從不像一些作家那樣，每出一本書就必定要將自己的大幅頭像印在封面上，更不會在折口或封底炫耀自己的外表和生活的愜意。就像村上說的

「我是個在公眾場合容易害羞的人……我更願做一個採訪者，而不是受訪者。」低調如村上的人總是會引起大多數人的好感，尤其是年輕女孩的由衷喜歡。村上的低調絕非是故意想吸引人的故弄玄虛或是什麼矯情，而是真性情地淳樸流露。所以有人會這樣說：「喜歡村上就像喜歡曬過太陽的棉被的味道。」

不過對於大眾而言，人們當然更希望能一睹作家的風采，自然也不會輕易放過村上春樹。雖然村上「隱藏」得很深，但在資訊發達的網路時代，想要實現這個願望其實也非難事。頭一回看到村上春樹，是在一本評論村上小說的評論集裡，與想像中模樣有很大的差距；或者說，看到村上的廬山真面目後，冒出來的更多是「沒想到是這樣，和我也差不多」這般的想法。

這是一種善意的、近乎孩童般的有趣想法。你看，村上春樹坐在一堵木牆的前面，抱著雙臂，戴著不知何種品牌的手錶，一副十足日本男人的眼神，還有窄窄的肩膀，乾淨俐落的頭髮，衣著普通，表情普通；較之村上本人，木牆上掛著的一幅頗具爵士風格的畫更讓人著迷。村上的確就是這樣普通樸素的模樣，典型的日本人。

在有了「沒想到是這樣，和我也差不多」這樣的想法後，再來捧讀村上的小說，這時與其說是有一種難以言喻的親切感，不如說，村上呈現給我們的其實就是我們本身。生活本身並無出奇之處，人物有時候雖然穿名牌服飾，開名貴跑車，但追根究柢，人物本身的普通也是隨處可見。普通的就像是村上春樹，普通的就像我們身邊那些沉默寡言，有自己的見解，從不為旁人左右的朋友；於是我們樂意看到他們採取一些有別於常人的方式來和世界博弈，也很高興地看到他們和周圍的人開玩笑，和漂亮溫柔的女孩戀愛，或者跟自己較勁。

村上這樣樸素簡單的形象後來「暴露」得越來越多，這或許與他近年來多次獲得國際上著名的文學獎有關，他的形象也從默片時代進入了有聲世界，從領受卡夫卡獎到耶路撒冷獎，人們聽到了與外在形象相得益彰的樸素聲音，低低沉沉，不激進不亢奮，彷彿是在對舊日戀人述說多年來的境遇。

普通的長相、樸素的穿著，對於村上而言或許是件好事，越來越多的村上迷已經慢慢將這一事實像接受任何一件事情一樣接受了，如果村上以木村拓哉或是反町隆史那樣的俊美外表出現在大家面前，或許很多人會把持不住，摔倒在原本就不太平坦的人生道路上。所以有時候經常會覺得，普通的人或普通的事物更具有一種穿透時光、超越時代的非凡力量，這種力量讓我們在遭遇到重大打擊的時候依然能笑著活下去，因為再重大的打擊，加諸在普通如柳樹般的自己身上，充其量也只能成為普通事物而已。抱著這樣堅定的信念生活的年輕人不在少數。

說句玩笑話，為了讓大家還能有如此的信心，村上將這樣的形象保持到底也算是功德無量。村上將自己隱藏於幕後，安心地做他的「幕後工作者」，然後將村上式的文字不加雕琢地完整地呈現在你我面前，讓我們捕捉到同類的悲喜，世事的無常，清新的空氣，懷舊的往事，陪著我們度過一個又一個漫漫長夜。

村上對自己的長相長期「隱而不顯」，對自己小說裡人物的長相也是「語焉不詳」，說起人物外貌，倒不如說對人物其它細節描寫的更為細膩，這樣的段落比比皆是，例如不寫人物五官長相卻一定指明缺了一隻小指或臉上有兩公分長的傷疤，耳朵上有什麼裝飾，身上穿著什麼牌子的衣服，開的是什麼車子，喝酒喝得還剩多少公分等等。村上說自己很注重細節，也喜歡觀察日常生活中的細微之處，但對於人物長相卻幾乎沒有細微刻畫，是故意為之還是偶然遺落？實在是該找村上君好好談談這個問題。

一個人生成何種樣貌，除了父母的遺傳基因外，有人說性格和經歷也是重要的影響因子，這就像是太陽曬久了臉會變黑一樣；雖然後天因子無法取代先天因素，但是卻能讓你看上去更加符合「社會意義」。三十歲前長得怎樣靠父母，三十歲後長得如何就要靠自己了，這句話不僅適用於女人，同樣也適用於男人；不知道村上有沒有聽到過這樣的話，聽沒聽過都不重要，對於村上來說，重要的不是模樣如何，而是自我如何、文學如何、世界如何，寫作常常需要向自己提出一系列的疑問才能努力去尋求一個出口，村上的小說常常以「出口」、「入口」來比擬人生的境遇，想必也是做如是想。

文學始終處於一個被解讀的過程，一個名人的長相也時刻處於被評論的境地，好也罷壞也罷，村上春樹自然算不上英俊與瀟灑，普通的恐怕連「普通」二字都無法涵蓋。尋找村上文學的招牌標誌，什麼都可以算上，唯獨村上的模樣難以歸類；不過也正因為村上模樣的相對模糊，讓他的文學面貌顯得格外清晰自然，大概，村上文學的魅力也在於此。

為什麼迷戀村上春樹

這是一個極端重要的問題，如果對此問題不能找出一個適當的解答，關於村上的一切都將是空中樓閣。那麼為什麼會迷戀村上春樹？想起村上春樹的時候還會想起別的什麼嗎？應該會有，就如同想起家鄉就會想起母親一樣，但是想起的那些人實在是跟村上風馬牛不相及。村上春樹是一個謎，也是一面隱藏於紐約街道陰影處的 Pop Art 塗鴉。當然，村上不是什麼普普藝術，更不是流行歌手。

迷戀村上春樹，對於骨灰級的村上迷來說，似乎不用找什麼原因，「喜歡就是喜歡」是常聽到的口頭禪，既然喜歡，何必還要去深究其中的原因呢？但是所謂「原因」又不得不像抽絲一樣，要將其盡可能地抽出來；更多的人願意給自己一個理由，這個理由能支撐自己一而再、再而三地，只要看見「村上春樹」四個字，便毫不猶豫地掏錢買下小說。以目前的經濟景氣來看，能做出這樣的舉動是需要一些勇氣的。

較為接近人們預期的理由是，村上春樹和他的小說，以其特有的筆觸，對日常生活片段場景輕描淡寫的書寫和其中淡淡散發著的生活氣息，與當下都會的年輕人們產生了共鳴；村上用他的筆墨，以自己六〇年代的視角道出了我們的心聲，甚至是打開了我們靈魂的另一面景象。就像有些人說的那樣：「小說是容器，裝載著那些陳舊了的年華。」我們的年華是否陳舊，有待探討，假如的確陳舊，在陳舊的年華裡，我們擁有過什麼？是自己用筷子做的槍或是粗糙彈弓，還是光著腳跟父親去釣魚，或是偷偷爬樹掏鳥窩——這些是遙遠的故事，皆已成懷舊的片段。而村上呈現給我們的雖說發生在文字之間，但我們卻能像抓住戀人臂膀一樣抓住時代的氣息。即便敘述背景放在七〇年代，八〇年代，我們也覺得村上的脈搏與我們在同一時間中跳動，於是註定有些人要被村上俘虜，更多的人準備著被俘虜。如同一場戰爭喜劇片的壓軸戲。

村上和他的作品，就某種我們「深陷其中」的原因而言，是他象徵著我們業已失去和準備失去的種種，這些「種種」構築了我們的血肉，構築了我們的體驗，構築了我們的觸覺，也因為這樣的「種種」，村上得以在我們的心中變得立體而多元。他不僅是一種狀態的描述，更是對我們早已存在的生存境遇的善意肢解，唯有肢解，新的人生航程才能啟航，駛向未知的方向。充滿挑戰，更充滿希望。

從這個意義上來理解，或許每個人都可以成為自己的村上春樹，因為每個人都有適應自己、適應外界的一套手段，否則連風都可能嘲笑我們。十五歲的田村卡夫卡是我們的中學同學，直子是我們的初戀女友，佐伯是我們的性幻想對象，還有許許多多的人從村上身上和村上筆下看到了自己曾經的故事或正在發生的故事或期待發生的故事，只不過村上春樹以荒誕話劇的形式殘酷而又溫情地呈現在我們面前——他總能啟發我們無限的想像力。每顆巧克力的味道都不一樣，不知道下一顆巧克力將是什麼味道。

村上告訴我們，每個人的心都處於希望與絕望的夾縫之間，四季變換的世界則游移於現實性與虛擬性之間，而我們還算強健的身體則無時無刻穿梭於真相與假象之間；這是個正經八百的世界，也是吊兒郎當的世界，是人類的世界，也是非人類的世界。這麼說恐怕囉嗦了點，但事實就是如此，村上這傢伙該簡潔的時候從不浪費一個字，該囉嗦的時候也很像大話西遊裡的孫悟空。

論起村上現在的生活，按他自己的說法，是一種給人優哉游哉之感：乘電車去哪裡買東西、吃飯，吃完回來。不怎麼照相，走在大街上也無人認得。「我喜愛這樣的生活，不想打亂這樣的生活節奏。」這便是大家所周知的村上的「匿名性」，這種匿名性是村上的快樂隱身符，使其順利地成為現代社會的隱居者，也是很很多人嚮往的快意生活；然而這樣的生活並非人人可得，因為村上春樹只有一個，某某某只有一個，另外的某某某有另外的生活映畫，世界有趣之處便在於此。

方才提到想像力，這就是一切想像力的來源，村上給了自己無限的想像力，成全了村上式的小說，喜愛他的人同樣擁有無限的想像力，成全了自己心目中的村上春樹。一千個人有一千個人的村上春樹，而真正的村上春樹在哪裡？或許作家本人都不知道。而這也是我們為什麼迷戀村上春樹所可能得出的解答——實際上就是沒有解答。

沒有解答也是一種解答。假如能把迷戀村上的原因像解方程式一樣一步步分毫不差地解答出來，恐怕就失去了最獨特的村上風味；獨樹一幟的村上文體，別具一格的語言，俏皮生動的修辭……村上與眾不同的地方當然不止於此，要是細細道來，恐怕不是三言兩語能夠囊括，村上春樹在提供給我們諸多有趣的細節、希望的前途、堅定的目標之外，也少不了拋給我們人生重大的課題——生與死。對於生與死，村上的態度一向真誠，不矯揉，不造作，也絕不故弄玄虛。

村上是天真的，村上也是稚嫩的。唯其天真，才能用毫無雜質的眼睛看透世界表象；唯其稚嫩，才能用我們時代的語言與我們傾談。這便是村上春樹，不設防不對立，更沒有將自己框進一己的哀怨中，他帶來了個人的體驗，而我們感受到的則是屬於每個人的感動；這個感動包括我們黃金的青春時光和綠色的精神世界，不可否認，這些都已漸漸離我們遠去，因為遠去所以懷念。村上告訴我們，懷念過後還要眺望。

迷戀村上，便是這般簡單。

有書有音樂的天堂生活

有海潮的輕響，有暖風的吹拂，有時間的流逝，有青春的激盪，人生不過離愁別緒，人生也只不過悲歡離合。在「挪威的森林」這片神祕而又廣袤的靜謐場所，村上和我們一起聆聽「遙遠的汽笛」，展開「縹緲的憧憬」，沐浴「傍晚的和風」……村上春樹的生活是一種帶有想像性質的詩意生活，讓我們感覺猶如夢幻，卻又近在咫尺。

打工、聽音樂、發呆，或是在看書的空檔輕鬆地來上一杯，村上的這種生活被他自己稱作「聽風的歌」，他在酒吧間裡遙望未來，在爵士樂的低吟中懷念昨日之昔。在風聲中，一切杳然而逝，一切恍然若失。村上的爺爺是寺廟住持，父親後來也入了佛門，從小喜歡獨處的村上或許在什麼時候蹲在寺廟的一角發呆，就像我們在小說中多次見到的那樣；這樣的發呆可能在中學時代也「如火如荼」地進行著，是否跟後來考大學落榜有關則不得而知。

村上風味的情趣是眾所周知的，而有個性的村上即使在落榜後當了「浪人」（重考生）也依然保持著自己身上獨一無二的生命形態。真是讓人羨慕。或許依然孤獨，或許依然「我行我素」，但是有愛看的書，有愛聽的音樂，上了大學後又有了自己鍾愛的人，年輕的生命熠熠閃爍，燃燒不息，這樣的時光不可謂不快意，不可謂不是「天堂生活」。

村上的生活形態是與村上的風格緊密相連的，而我們在對村上風味的執著跟隨中，也無時無刻領受著村上春樹對我們的影響。有書有音樂的天堂生活，不僅成全了村上式的生活，成全了村上文學的肌體，也讓我們從中領略了異國的濤聲和可供懷想的年少情懷。書和音樂代表了村上的青春時光，這種時光一直延續到現在，想必會跟隨村上一輩子。

如今的村上似乎活得越來越年輕，各種體育運動來者不拒，如長跑、游泳，這樣的運動更適合一個人，實際上更適合喜愛孤獨的人。因為喜歡孤獨，所以喜歡一個人的運動。即使結婚以後也依然如故，倒不是和妻子的關係不好，而是妻子恰好也是同樣的性格，這兩個人相處不知道是否比《東成西就》更精彩。

村上的生活對於任何一人來說都愜意得很，不過即便身居「天堂」，村上依然有自己的煩惱，四十歲開始出現的禿頭現象至今讓他煩惱；實際上在村上二十來歲的時候，禿頭已經不期而至了，這讓村上平靜的生活多了一點小小的插曲，後來村上說，在面對自己的少年禿時，簡直是要了自己的命，讓他每次洗澡時都得把視線從鏡子中移到地面。

二十歲和四十歲，是男人的兩個寶貴黃金期，偏偏都讓村上趕上了掉髮的煩惱。隨著年齡的增長，身體各個部位也在發生著微妙的變化，這種變化是地心引力的結果。人至中年，隨著生理的變化，心理也勢必要做出適當的調整，就村上來說，能否保持一貫的村上情調呢？這個問題不僅每每敲擊著村上的心靈，也讓我們感到探索的興趣。

村上相信書能給人以愉悅，音樂能給人以幸福。除了書和音樂，村上還有很多自己喜歡的歌手，這些歌手陪伴「孤獨」的他度過一個又一個妙趣橫生的日子。村上也是個不折不扣的電影迷，最愛看的是恐怖電影。正如村上說的，他不是什麼精英，只是普普通通的世界中普普通通的人，正因為普通，「純娛樂的作者不喜歡我，嚴肅作者也不喜歡我，因為我和他們都不一樣，這也是為什麼我在日本這麼多年總找不到自己的位置的原因。」

純娛樂的作者還有嚴肅作者，不喜歡我就不喜歡好了——村上也許會這麼想，因為他在乎的是讀者。「我有很多喜歡我的讀者，十五年裡，他們買我的書，站在我這邊，我覺得這真是很有趣。」的確有趣，從《聽風的歌》到《黑夜之後》到《關於跑步，我說的其實是……》，不喜歡的一如既往地不喜歡，喜歡的一如既往地喜歡，說句學究氣的話，作家的生命寬度不是來自文學評論，不是來自獲獎多少，更不是來自上報紙頭條的次數，而是讀者買不買單。村上做到了，於是村上的天堂生活也成了我們的天堂生活。

村上用文字延伸他的人生意義，用自己的書和自己的音樂點亮少年的世界。這是一場沒有起點也沒有終點的時光旅程，經過東京，經過大阪，經過神戶，經過眾多的小城和小鎮，留下眾多的足跡，刻下眾多的身影。從日本到美國，從希臘到義大利，從台灣到大陸……一直走下去，直到永遠。

村上的天堂生活是一面鏡子，讓我們看到了既陌生又熟悉的自己。對於喜歡村上的人來說「村上春樹」不是一個人的名字，而是特指一種可以被體會，可以被深掘的生活經歷和情調。我們遇到了百分之百的戀人村上春樹，村上春樹遇到了自己百分之百的天堂生活，每個人都在盡可能地循著自己的軌跡生活下去。《東京愛情故事》裡永尾完治對赤名莉香說：「看了很多事，聽了很多事，遇到了很多人，才有了現在的我。」對於村上春樹，對於我們自身，或許都可以此作為我們得以成長，人生得以豐滿的解釋。

村上鏗鏘有力的生命之鼓依然毫不示弱地敲動著，無論是側耳傾聽還是凝神思索，來自遠方的鼓聲都能讓我們感受到無處不在的「村上影響力」。從小就看外國文學的村上如今寫作也已三十多個年頭，唱著他愛聽的歌的歌者大多也已消失在歲月的煙塵中。在挪威的森林裡聽風的歌，不知道那將會是怎樣的滋味。

雲上的日子，天堂的生活——村上離我們很近，似乎也很遠，我們很瞭解自己，似乎又一無所知。

看到他，就想買酒喝

只要瞥見「村上春樹」這個名字或是他的小說，立刻便會冒出想到哪裡買瓶酒喝的念頭。抱有這種想法的人不在少數。酒不需要太好，普通的啤酒即可，環境也不需要太過華麗，一把椅子，一個收音機，或是一個呼呼作響的吊扇都行，即便是地上有幾潭積水也無所謂，如果可以，點支菸也不賴，假如這麼做能讓你更接近村上筆下的人物。

村上或許也會陪陪我們喝上幾杯，假如天氣不壞，心情不壞，表情不壞，氣氛也不壞，想必村上很樂意端著酒杯與我們邊喝邊聊上幾句。聲音不會太洪亮，但他所要表達的意思，我們完全能聽得清楚明白。當然「明白」需要一個過程，羅馬不是一天造成的，《聽風的歌》不是寥寥幾筆就成了其處女作，即便作為讓少男少女流乾眼淚的所謂「百分之百的戀愛小說」《挪威的森林》也非是那般的「言情」——「明白」需要一座橋樑，來杯酒，活絡一下你我的大腦，或許對於村上的感受會更特別，包括他的小說，還有很多很多。

這時候村上也許會說：「喲，那就來上幾杯，話慢慢說就是，不急於一時。」喲，恕我囉嗦。這裡有台啤、青島、麒麟，你要哪一種？抱歉，洋酒太貴，所以……

這是對既定生活的超常規想像，人人都愛村上春樹，就像人人都愛超人。實際上，看村上的小說實在是配上啤酒最好，別的酒過多表演性質，讓人不舒服，看趣味盎然的小說怎麼能帶著不舒服的心？村上也喝啤酒，我們更得喝啤酒，啤酒拉近了我們跟村上的距離，不管事實上是否如此。

據說青少年人手一本《挪威的森林》，人人開口閉口都稱自己是「村上春樹迷」，兩岸三地的人們似乎都是如此；賴明珠也好林少華也好，翻譯文本雖然各有差異，但村上還是村上，味道依舊如故，不知道賴明珠、林少華兩位喝不喝酒。至少我身邊的朋友總是在喝著酒的時候與我聊文學，就像和女友聊愛情一樣。「看到他，就想買酒喝」這不是一則娛樂新聞的標題，它實際上涵蓋了我們對於村上的最初也是最深的感受。好的作家一如啤酒，好的小說一如啤酒，夏天喝冰鎮的當然更爽口，夏天看《尋羊冒險記》當然更酣暢淋漓。

村上春樹的名字很好聽，村上春樹的小說很好看——至少目前如此。村上以前抽菸，但很早就戒了，偶爾喝兩口，對著家裡的兩隻貓呢喃幾句；每天工作四個小時，作息規律，從不熬夜。人們說村上健康的不像個作家。不像作家又像什麼呢？人有了好奇心才有了探索性，所有的生物都是這樣。村上的小說亦是如此。

有些人的小說只能看一次，有些人的小說連一次也不值得看，村上的小說則是每次讀都會有不同的收獲。這不是在討好村上春樹，而是在討好一個已經被勾引了許多年的閱讀快感，如同處在半醉半醒之間，清醒與恍惚是一種境界，一種窺視世界，反省自我的視角。村上和他的文學達到了。啤酒還剩許多，不介意的話，繼續來上幾杯，或許還得來上幾串燒烤。

村上小說裡有很多可愛的男女死去，有的死的清清楚楚，有的死的莫名其妙，但是都很乾脆，絕不拖泥帶水，婆婆媽媽，除了一兩個有一筆帶過的葬禮外，大多數死的人沒有葬禮，沒有追悼會，為之哭泣的人更是少之又少，想必在心裡早就把眼淚流乾了吧。

田村卡夫卡是十五歲離家出走的叛逆少年，村上春樹是十五歲看外國文學書的孤獨少年。我在十五歲的時候，似乎也有些孤獨，一個人上學放學，一個人聽收音機，一個人畫畫，現在想想確也有幾分文學似的氣息，但誰都明白，日常生活並非文學的全部，然而村上春樹卻能在平常的世俗中探出一隻眼睛，帶領著我們看到不曾看到的世界。村上不是心理輔導老師，但他卻一擊擊中了我們失落迷茫的心——沒有嚴肅的說教，卻不失嚴肅的內涵。這算一杯什麼類型的啤酒呢？德國黑啤酒？恐怕八九不離十。

春天過去了大半，眼看夏日將至，雖然偶爾出門還是會覺得有些涼意，但可以肯定的是，過不了多久又可以大口喝酒大嘴吃肉了。村上在夏天會做些什麼呢？我們在夏天又會迎來什麼呢？一切都是未知數，一切都很吸引人。佐伯說：「趁還來得及離開這裡。穿過森林離開，返回原來的生活。入口很快就要關上。你要保證這麼做。」又是「出口」，又是「保證」，我們的出口在哪裡，我們又能保證什麼呢？這是個[15]哈姆雷特似的問題。離開「森林」後我們又該去哪裡？很多問題勢必需要尋出一個答案，正如喝酒需要給自己一個理由。

「請問你為什麼喝酒？」

「想忘記一些事情，也想記起一些事情。」

在台灣當然要喝台啤，價格便宜，味道爽口，美中不足的就是酒瓶樣子難看了些，多少影響心情。《東京奇譚集》裡村上喝的是葡萄酒，在其它場合，或許是威士忌，或許是白蘭地，或許是朝日啤酒，酒吧或是朋友或是冰箱招待什麼就喝什麼，絕不挑剔，隨遇而安，願意傾聽別人的意見，但始終有自己的一套處世原則。一般人很難做到，即便是喝了一輩子酒的人大概也望塵莫及。

村上讓人爽快，如同啤酒泡沫親吻嘴脣。較之那些五花八門，名字難記的洋酒，簡單明瞭的啤酒或許與村上春樹更為契合。自力更生來分炭火烤新鮮海魚，外加少許帶蘑菇末的綠醬，咖哩牛肉飯也相當不錯；拎著三洋牌的雙卡錄放音機，插上卡帶，張學友的歌，張國榮的歌，也可能是Beyond的歌，總之這些人和這些歌都相當道地；暖陽漸漸升起，取出村上小說，開一瓶易開罐啤酒，邊喝邊唱，而後大讚一句：「不錯！」令人懷念的夏日午後，令人懷念的冒著泡沫的啤酒。

15《哈姆雷特》：莎士比亞的「四大悲劇」之一。當中的：「To be, or not to be; that's the question.」是戲劇史上最經典的台詞。

三十年的長跑達人

為了寫《尋羊冒險記》，村上春樹長時間地伏案工作，為了給自己增加點寫作靈感，對香菸也親近起來，據說每天至少要幹掉六十根菸，身體也一天天變得肥胖。誰都知道這是一種極不健康的生活方式，可愛的村上的手指日漸變黃，身上總是有股菸草味（這可比文學的村上味遜色多了）。村上覺得再這麼下去，恐怕會提前跟費茲傑羅打照面（誰都這麼認為），於是，他開始尋找一種適當的方式來改造自己顯得一塌糊塗的生活方式。他選擇了跑步。

這個不屬於任何作家協會的作家一天是這樣度過的：早上五點起床，晚上十點就寢。每天寫作四個小時，長跑十公里——雷打不動的十公里，到目前為止，已經堅持了三十多個年頭——好一個村上春樹，忍不住要給他一個讚。村上還興味盎然的參加了多次的馬拉松比賽，成績嘛，似乎也相當不錯。村上曾說：「我跑遍全球的馬拉松，但每當有人問我，最愛哪一個賽事，我都會毫不遲疑地回答：波士頓馬拉松。」不過卻也因此讓他遇上了二〇一三年的波馬爆炸案，「原本單純美好的賽事遭玷汙，我這個自稱跑者的世界公民，也同樣受了傷。」村上在事發後發表了這樣的言論，雖然心理受到了打擊，但不論如何，這都不會影響他的毅力。有人說，一個人做一件好事不難，難的是一輩子做好事，按照這樣的說法，一個人跑一次馬拉松不難，難的是三十多年來風雨無阻地跑馬拉松，如果沒有超強的毅力和不斷超越自我的信念，恐怕早就半途而廢，偃旗息鼓了。

開始跑步，是一九八二年，村上三十三歲時的事，起初開始跑時就像第一次照顧孩子的父母一樣相當吃力，沒跑幾分鐘就氣喘吁吁，雙腿發顫，倔強的村上踉踉蹌蹌地跑到第二年，結果一口氣居然能跑上二十二公里，對於非專業運動員來說，村上創造了一個奇蹟。按照村上自己的說法，三十三歲那年開始長跑，同時也是自己作為作家的真正開始。

長跑讓村上擁有了一種「持久力」，這種持久力對於寫作的幫助也是顯而易見的。寫小說，尤其是寫長篇小說，如果沒有一種固執似的持久力，想必是很難堅持下去的；「就算能做到一天三四個小時，集中精神認真執筆，但持續一個星期就累垮，那也沒辦法寫長篇作品。」、「寫文章本身或許屬於頭腦的勞動，但是要寫完一本完整的書，不如說更接近體力勞動。」村上相當瞭解「持久力」對於自己寫作的意義。

寫作的本質就是長跑的本質，就是一次又一次將自己逼到極致，打倒自己，戰勝自己，然後贏得自己；寫作是一種旅行的方式，長跑也是一種旅行的方式，通過這種方式，生活的細節和情趣一一展現，村上非常注重這樣的細節。

一次，村上參加了美國波士頓馬拉松比賽，一路上街道兩旁住家燒烤的香味隨著微風飄到村上的鼻子裡，在經過一所女子大學時，學生們整齊排列著高喊：「加油！加油！」這些都讓村上感到愜意舒暢，這些長跑旅途中的精彩片段毫不遜於完成一本長篇小說。

跑步是個簡單的運動，無需配備多麼先進的設備，只要一雙跑鞋，一份自然的心情就行。村上喜歡跑步多少跟他的個性有關，跑步不需要跟人說話，不需要和人寒暄，不需要刻意和人合作，只要按照一定節奏，調整好呼吸，想怎麼跑就怎麼跑，跑累了就休息片刻，如果體力十足，繞他個地球一百圈也無妨。長跑在某種意義上是孤獨者的娛樂方式，村上將這一娛樂方式玩到了極致。

沒有競技性的村上式長跑或許更能體現體育精神，在自己的長跑世界中獲得實際的健康體魄，獲得內心的享受，沒有比這個更讓村上迷戀的運動了。跑步對於每個人帶來的東西不盡相同，這是見仁見智的事，功利者看到豐厚的獎金，心平者看到另一個自我。村上會說：「跑步嘛，跑就是了。」十足的村上腔調，有一點可愛，有一點頑皮。

在作家們中，除了村上春樹外，愛好運動的人還有很多，托爾斯泰喜歡自行車運動，海明威更是在游泳、射擊、足球和拳擊等方面全面發展，且能力突出。所以「孤獨」的村上其實也並不孤獨，所不同的是，那些作家愛好運動只是愛好而已，沒有像村上那樣將長跑的意義融進自己的創作中，繼而影響了自己的寫作，到後來還寫了《關於跑步，我說的其實是……》一書。沒有哪個作家像村上跑得那麼專業，跑得那麼執著，為了跑步特意搭乘飛機跑到美國，跑到英國，跑到希臘，日本國內更是留下了村上數不清的長跑足跡。村上總是這樣，喜歡把一件事情做到澈底才罷手。

直至今日，跑步和寫作一樣，早已成了村上春樹不可分離的生活方式，可以說，這樣的生活方式幾乎是村上生命的全部。人的命運有時候顯得很戲劇，或單調乏味，或意外頻仍，跑步之於村上，或許稱不上是意外，按照日本人宿命的觀點，或許更接近一種既定的命運。從爵士酒吧老闆到職業小說家，從每天奮筆疾書到選擇跑步，都可以看作是命運的歸屬。性格也好，際遇也罷，無不是這種命運的表現。

「這是我與生俱來的性格，就好似蠍子天生要螫人，蟬天生要死叮著樹一般；又好比鮭魚註定要回到牠出生的河流，一對鴨子註定要互相追求一樣。」互相追逐——當然是跟自己，通過寫作，通過跑步，多餘的脂肪消失殆盡，有汗盡情流，個子不高，雙手不夠粗壯的村上實際上比任何一個作家都要強壯。

剛才提到村上寫了本有關跑步的書——《關於跑步，我說的其實是……》，翻譯的書名，照舊的村上文字。跑著跑著跑出一本書來，對於村上春樹再自然不過，村上迷也樂於接受這樣一個事實：村上總能給我們帶來意外的驚喜。這本書也一樣，借用「跑步」的名義，村上在書中大談自己在跑步時的所感所悟，還回顧了自己的寫作生涯。（廣告播放完畢）

沒有常年跑步經驗的人或許很難理解村上在跑步時的心境，喝水時有對水的味覺，親吻時有對脣的觸覺，跑步亦是如此，一個人，一本書，三十多年的堅持。村上春樹慢條斯理地講述著自己為了長跑而做的練習、參加比賽的心情和在跑步過程中的內心感受。在外人看來，這是一份少年般的不可理喻的固執，甚至有些可笑；但村上告訴我們這一點也不可笑，因為長跑讓他學到了很多東西，尤其是寫小說的方法和靈感，村上說，從《尋羊冒險記》起，他大多數作品的靈感都源於長跑途中。

寫著村上的跑步，突然想起一首歌，抄錄其中一段歌詞如下，作為本文結尾倒也合適：

我要追著風向前奔跑
自由的感覺飛上雲霄
唱著我的歌一路奔跑
就這樣每一分每一秒都有快樂

多面性的村上面孔

有人說：村上春樹是溪流旁隨著季節變化而不斷變換顏色的頑強的小草——這話繞來繞去的聽起來可真複雜，不過細細品味，似乎也的確如此。不是說村上春樹是隨風搖擺的、毫無立場的末流作家，而是以讀者的角度而言，村上春樹似乎有著不同的面貌，也就是說「村上的面孔」更多是來自外部的自我定義，於是所謂文青系村上、疏離系村上、青春系村上、治癒系村上（說不定什麼時候還會冒出個視覺系村上）就統統成了大家滿足自我閱讀感、累積人生厚度的第一標籤，似乎就像「健康食品標章」、「國家優良食品標籤」或是「某某活動唯一指定產品」有相近的意思。

從閱讀的角度來說，以自己認為合適的方式給作家貼上一個明顯的標誌，來與自己的接受度達成一個對應，是「閱讀系讀者」最常用的方式，據說屢試不爽，效果顯著；他們從《挪威的森林》中看到不可挽回的憂傷，從《海邊的卡夫卡》看到少年的不羈之心，有趣的是，還有些人從《人造衛星情人》看到了瓊瑤的影子。其實，無所謂正確與否，更無所謂好壞，每個人的解讀方式不同，村上也不在意被大家以怎樣的方式和角度來閱讀——「重要的是讀者」，既然村上都這樣說了，用何種切入點來看村上就成了無關緊要的事，重要的是我們是否真的喜歡這個作家，我們是否真的享受到了閱讀的快感。

我們對於村上的喜愛或是瞭解，大多是因為村上的所謂「文青風」，這不是村上自己所塑造的形象，而是一種讀者所賦予的面貌。在一個充滿戲謔意味的〈文青的一百種元素〉測驗中，「喜歡村上春樹」躍然成為文青的第一個標準；當然，這不是說所有喜歡村上作品的人都是文青，但或許只是表示著，村上是一種文化的指標，在讀村上小說的同時，還必須具備獨到的藝術品味與情趣。

說得更白話一些，村上春樹在小說中如同報表一樣羅列出的那些音樂、電影、食物、酒品無不充斥著我們陌生而又神往的某種元素，它們代表著潮流、代表著品味、代表著生活的興味，是在現實生活中難以全數得到，只能透過閱讀村上來幻想一下的生活。所以有的人會開玩笑的說，村上春樹就等於文青，而要做文青就得要看村上小說。

疏離系、青春系還有治癒系，這樣的命名與「文青的村上」也是如出一轍。如果說「文青」是村上的皮，「青春」是村上的毛，那麼「疏離」在眾多村上粉絲的眼中，則是完完全全的肉，而且血紅光亮，很是引人注目。疏離是一種感覺，而不是現實中的具體事件，村上與他的貓和妻子從不疏離，但村上的小說則不同，不論是人物對話還是語言陳述，「疏離」都毫不保留地展現著自己的身姿。在人們的眼裡，以這種方式來講故事，顯得格外「後現代主義」，顯得格外「解構主義」。

「鞋聲再次響起，來自別的空間。我分辨不出它來自哪個方向，彷彿是從什麼方位也不是的方位、從什麼地方也不是的地方傳來的，然而看上去這個房間已是盡頭，不再通往哪裡。腳步聲持續響了一陣便消失了，隨之而來的沉寂幾乎令人窒息。我用手心擦了把汗。奇奇再次消失。」

——《舞．舞．舞》

「洗衣店前一塊招牌寫道：雨天光顧九折優惠。為什麼雨天洗衣服比較便宜呢？我無法理解。洗衣店裡，看得見禿頭老闆神情抑鬱地正在熨襯衫。」

——《世界末日與冷酷異境》

「中田先生花了一個多鐘頭左右，才找到載他到富士川的卡車司機。一個運送鮮魚的冷凍卡車司機。年約四十五歲左右，體格高大，手臂如木樁一樣粗，肚子也凸出來了。」

——《海邊的卡夫卡》

像這樣充滿「後現代主義」和「解構主義」意味的語言陳述，並隱隱顯出疏離感的段落舉目皆是，就此看來，與其說村上春樹的確有一套，不如說我們作為讀者觀察和理解的實在夠深入、夠精細。假如以這種方式來寫情書不知結局會如何，照這方法編寫求職簡歷或許也可以在競爭激烈的求職戰場中脫穎而出也未可知，也未可知——村上春樹一向喜歡這麼說，於是很多人也學會了這句話，日子一長，竟成了自己的口頭禪。

我們可將這種疏離系的表現手法看作是村上春樹孤獨又不失幽默的與我們溝通的「法術」，他先將我們深深引入，然後抽絲剝繭般地向我們表露他隱含在心的那些少年情懷與青春往事，專家們把這種「法術」叫做「敘述策略」，我們則完全可將其視作「開玩笑」的手法，像下面這個：

中田再三道謝：「非常非常感謝。待我這麼熱情，真不知如何道謝才好。讓中田我不自量力地為你們祝福吧，祝二位好事多多。」

「但願你的祝福很快見效。」黑髮女孩嗤嗤笑了起來。

城市道路擁擠，所以需要玩笑，戀人脾氣暴烈，所以需要玩笑，父母感情不合，所以需要玩笑，老闆臉色難看，還是需要玩笑，需要開玩笑的地方實在太多了。村上春樹幾乎從不直接寫自身的經歷和體驗，不寫家庭，不寫父母，和社會保持疏離，於文字展開疏離，疏離很難捕捉，然而又無處不在。正因為這一種溫情脈脈的疏離面孔，俘虜了眾多讀者；如果還想深究疏離感的深層味道，建議不妨去看看[16]《愛情，不用翻譯》，雖然不村上，但同樣夠味。

16《愛情，不用翻譯》（Lost in Translation）：蘇菲亞・柯波拉執導的電影，二〇〇三年上映，獲奧斯卡最佳原創劇本獎。

黑夜之後，看村上和那些人共舞

當村上春樹遇上村上龍

從時間上來說，村上春樹於八〇年代以獲得群像新人賞作品的《聽風的歌》出道，此後佳作迭出，樹立了自己獨樹一幟的寫作風格和文學地位；比村上春樹小幾歲的村上龍，則比一九七九年出道的村上春樹早幾年出版了自己的小說處女作，名為《接近無限透明的藍》，初試啼聲便大放異彩，獲得了當年度的芥川賞，引起日本社會震撼，「透明族」流派也由此應運而生，轟轟烈烈登場。到二〇〇五年，其銷量已高達三百五十萬冊，是日本最暢銷的小說之一。

較之村上春樹純粹的作家身分，村上龍的身分似乎更具有多樣性——小說家、電影導演、編劇，以此而論，村上春樹或許稱得上「足夠道地的作家」，而村上龍是「更為純粹的文化人士」。自上世紀八十年代以來，兩個村上即被日本媒體以「W村上」合稱的方式來命名討論，以受歡迎程度來說，可謂一時瑜亮。

當村上春樹遇上村上龍——事實上，這個命題多少顯得有些滑稽，因為兩位村上作家既沒彼此握手，也沒相互寒暄，屬於那種「多少聽說過」但沒「見過一面」的人。我只能感歎，兩個村上都是有個性的人吶，同樣不按牌理出牌，同樣不按世人認同的規矩和方式做事。村上龍在這一點上更為顯眼，年輕的時候就不「好好做人」，在東京的美術學校學習攝影沒半年即被學校開除，然後他便前往地處東京都福生地區的美軍橫田基地開始自己的放浪生活，直到兩年後重新考進東京的一所美術大學。即使今時今日看村上龍，那張一點也不見老態的臉上依然還是能看出這位仁兄的不羈。

村上龍沒有村上春樹那樣的低調和溫和，不管通過什麼樣的途徑，只要自己腦袋管不住對這個社會的不滿，就會想盡一切辦法來一吐為快；社會問題、少年墮落、不良族群，文學不能盡言，那就付諸電影或是接受採訪，這樣的機會，村上龍一向很樂意把握。按村上春樹的說法，這是一個「出口」，每個人的人生不盡相同，但每個人都需要「出口」，否則生存會很艱難。村上春樹現在的出口是長跑，村上龍則另有一套，於是，若論兩個村上的外在印象，就有了村上春樹內斂，村上龍剛硬的說法。村上龍的剛硬不僅僅體現在他那張稜角分明、眼神銳利的臉上，更多是體現在他的文學作品裡，畢竟身為作家，與這世界最重要的溝通方式還是自己的作品。

從村上龍的處女作開始，他的著眼點就始終落在「青春的迷惘」、「青春的失落」這個基調上，這與村上春樹的作品有著異曲同工之妙。兩個村上寫的都是游移於主流社會之外的「少數人的際遇」，用評論家的語言來說，就是「表現了特定時期特定人群的異化心靈及其過程」。村上龍說，關注年輕人，寫年輕人的生活，在於這些人是「弱勢族群」，需要更多的關注。「寫特定的少數人，卻贏得了大多數人的喜愛」——在電視上看到評論村上龍的這句話，實在準確表達了這位仁兄的寫作本質，反過來說，同樣也是村上春樹熱衷的方式，瞧瞧他筆下那些無工作、無家庭、無子女的人物，怎麼看也不會是當今社會主流價值觀的縮影。

國內對於村上春樹及其作品的譯介一直相當努力，村上春樹的作品只要在日本一出版，過不了半年就能看到中譯本，而且本本銷量驚人，可以說是出版業的奇蹟；而村上龍就沒這麼好的運氣，除了他的成名作和後來的《男人都是消耗品》外，在台灣似乎並不像村上春樹那樣路人皆知。雖說在日本兩人旗鼓相當，在台灣卻有著天壤之別。當村上春樹遇上村上龍，是否因此會有所不安不得而知，但坐下來一起聽聽音樂的可能性還是有的，村上龍喜歡搖滾樂，「想當年」的時候也曾組過樂隊，村上春樹更不用說，人人都知道他是「爵士樂傳播大使」。於是，以下的對話也就隨之成了必然：

村上龍：喜歡音樂？

村上春樹：還好，喜歡罷了。

村上龍：以前也玩音樂來著，以前的事了。

村上春樹：說起來，你剛才的話很像我小說裡的對話。

村上龍：是嗎？這個沒太注意，小說也好，生活也好，我只是把它看成生活的一部分

村上春樹：越來越像了。聽音樂吧，這支曲子還不賴。

村上龍：的確不賴。

如果兩位村上真以這樣的對話將雙方的不期而遇進行下去，將很快演變成一場極具感染力的電影片段。作為導演，村上龍幹起這個應該相當得心應手。這個年輕時候放浪不羈，如今依然固執地抱持「想法」的村上龍，和與貓咪作伴，常年長跑的村上春樹一樣，都隱隱流露出外人很難觀察得到的可愛之處；簡單說來，村上春樹的可愛之處在於他的不刻意標榜，村上龍的可愛之處在於他的不刻意隱藏，這也正是奠定他們在想像之中相遇於某個酒吧暢談音樂的可能性。在這兩個可愛的人身上，這種可能性也顯出有趣的面目來。

看村上春樹的作品，就像搭乘在夢幻列車上，在虛實兩端的世界中經歷一個又一個光

怪陸離的「小城故事」，路人時而熱情時而冷漠，而我們自己的心也有些飄渺不定，難以捕捉；村上龍的作品則是另一番別開生面的景象，某人說：「村上龍的小說就像北野武的電影。」的確如此，一樣的暴力，一樣的衝擊，一樣的暗淡，也一樣的流暢。村上龍總是毫不掩飾地將官能感受細微、細緻、細膩地表現出來，在赤裸裸地肉體運動中刻畫人物內心，這是村上龍駕馭此類題材的不二手法，也是他帶給日本文壇最震撼的一面。

說著說著，似乎有村上龍專文的意味，事實上也確有此傾向，村上龍說「我只為少數人寫作」，村上春樹說「理解的人自然理解」。他們有可能相遇，也可能永遠不會見面。當人們在書店看到兩個村上的作品並排放在一起，或是有人誤把村上春樹寫成村上龍，不知道是否會期待這兩個日本文壇的大老來個華山論劍。當三峽龍井遇上木柵鐵觀音會是如何？兩者的關係或許就在於此間的奇妙。

就多少瞭解村上春樹和村上龍的人來說，所謂的「奇妙」有著更有趣的解讀。村上春樹讓很多女性「愛到死都還不夠」，而村上龍則「很想拖出去打一頓」；一個是讓人好的沒話說，一個讓人感到頗為複雜。這年頭，能讓人達成一致看法的事物越來越少了，更何況是地球上最複雜的生物。男人都是消耗品——村上龍是否也將自己歸到裡面，不知道，村上春樹是否會就此發表一下意見，不瞭解，如果以動物來比擬他們的話，村上春樹更接近蜻蜓，村上龍更接近蜥蜴。理由說不清楚，就像自己對自己做的飯菜味道如何都難以下定論一樣，所以，我們不得不說，當村上春樹遇到村上龍，除了爆發第三次世界大戰外，什麼都有可能。

說自己永遠三十歲的村上龍現在寫作用的是蘋果電腦，村上春樹的事務所有兩個女助手，我既沒有蘋果電腦，也沒有女助手，這是一個好現象，說明大家都在各自劃定的生活圈裡按自己劃定的方式生活著，能不能跳到生活之外，村上春樹沒有打電話給我，村上龍沒有寫 E-mail 給我——不好意思，玩笑而已。

了不起的村上春樹和了不起的費茲傑羅

與村上春樹借用[17]瑞蒙・卡佛的一個短篇集名《當我們談論愛情時我們談論著什麼》（What We Talk about When We Talk about Love）給自己的隨筆取名為《關於跑步，我說的其實是……》（What I Talk About When I Talk About Running）一樣，這個題目實際上也來自一個作家的恩賜，他叫[18]費茲傑羅，一九二五年寫下了奠定其作家地位的[19]《The Great Gatsby》，這個美國作家和這本美國小說在村上的《挪威的森林》裡談到過，在其它有趣的文章裡也不吝筆墨多次提及。原因正如村上自己所云，在自己的寫作中受到過這位美國前輩的影響，而眾所周知，村上春樹最初寫作的信心來源，即是這位美國前輩的一句話：「如想敘述與人不同的東西，就要使用與人不同的語言。」

這段話很實在，因為他的的確確鼓勵了當時在寫作上缺乏信心的村上；這句話也很神奇，為什麼村上看到了，而別人沒有看到。如果村上錯過了這句話，他以後的人生又當如何？是當個一天要浪費四、五個小時，在尖峰時間的地鐵裡被擠成沙丁魚的上班族？還是過著普通日子，偶爾精神出點軌的大學教師？幸虧沒有成為上班族或是大學教師，否則村上風格的文學就再也沒有機會被我們大口大口地吞進大腦了。這是村上迷的幸福，因為還有這般好書可看，這也是村上迷的痛苦，因為每次將他的小說吞進大腦怎麼說也是件累人的事，需要強壯的身體和心靈，精神衰弱症或偏執狂就無福消受了。

對村上的文學創作直接或間接產生影響的美國作家有很多，比如[20]庫爾特·馮內果、[21]保羅·索魯、[22]理查·布羅提根、[23]蓋·泰勒斯、瑞蒙·卡佛、[24]提姆·歐布萊恩、[25]史蒂芬·金等，但是影響更為深遠，後座力更為強大的還是要數費茲傑羅，村上春樹自己都

17 瑞蒙·卡佛（Raymond Carver）：美國二十世紀下半最重要的小說家，小說界的「簡約主義」大師，被譽稱為「美國的契訶夫」。著有《浮世男女》等作品，其部分作品後來被改編成電影《銀色·性·男女》。

18 史考特·費茲傑羅（Francis Scott Key Fitzgerald）：美國二十世紀最偉大的作家，其經典《大亨小傳》可以說是一九二〇年代美國社會的縮影。

19 《The Great Gatsby》：即《大亨小傳》，又譯為《了不起的蓋茨比》。

20 庫爾特·馮內果（Kurt Vonnegut）：美國黑色幽默文學代表作家，其《第五號屠宰場》被譽為美國二十世紀最佳小說之一。

21 保羅·索魯（Paul Theroux）：美國旅遊文學代表作家，著有《約克郡郵報》、《騎乘鐵公雞：搭火車橫越中國》等書。

說，這位文壇前輩是「我的老師我的大學我的文學同事」，有的人是光說不練，村上不僅說得好而且還是練家子，他不單由衷地崇拜這個在自己出生九年前就已經跟上帝去喝咖啡的美國人，而且還用心地翻譯了他的多部小說。

一個有趣的現象是，現下不少對費茲傑羅稍微有些瞭解並且買書去讀的人，大多是受了村上的影響，這不僅因為費茲傑羅是村上春樹的「老師、大學、同事」，正如前面提到的，村上春樹在自己的代表作《挪威的森林》以近乎朝聖般的態度來評論他的《大亨小傳》。在「挪」裡，看《大亨小傳》不僅成了能否交朋友的重要依據，也成了一個人是否有良好文學修養的標誌，即便與自己定下的只有超過三十年的書才值得看的這一閱讀標準有兩年時間之差，但村上始終認為這是絕好的作品，「隨便翻上一頁都不會讓人失望」的超棒小說，在村上的眼光中，這位美國大哥無疑成了了不起的人物，而村上在他颱風都刮不走的忠實粉絲心中也自然成了了不起的村上春樹——這句話有點像小學時常寫的前後呼應的句子。加一句閒話，現在的小學生也很了不起，每天背著近十公斤重的書包，樣子看上去卻很輕鬆，大概個個都是練家子。

半大不小的孩子們說：「我們不是因為成長而成熟，而是因為成熟而成長。」（聽上去像是那麼回事）；跨入中年的男人說：「今天兒子被我罵，明天我被老闆罵。」；青春期少女說：「為什麼愛我的男生都不像言承旭。」這樣的問題林林總總，實在太多，生活就是一個問題疊著一個問題。孩子、中年男子、青春少女，都是自己的哲學家和觀察家，這一點，村上春樹也做到了，而且比起他的老師做的一點都不遜色。

《大亨小傳》成就了費茲傑羅了不起的名聲，村上的名聲似乎不用自己成就，就有很多人願意做和正在做這份工作。於是從九〇年代以來，村上春樹就像坐上了火箭，在書市一次次地脫離地心引力，升上了文學銷量和大眾關注度的頂峰。找不到山洞的山頂洞人是悲哀的，總是一味模仿別人寫作手法的作家是末流的，村上春樹不是末流作家，因為他有自己的一套文學切入點，這一點很重要，就像火種對原始人類的重要性一樣。

相比較起來，村上的經歷和美國大哥的經歷都不算複雜，村上上學、開酒吧然後寫

22 理查・布羅提根（Richard Brautigan）：美國小說家、短篇作家、詩人，著有《在美國釣鱒魚》、《在西瓜糖中》等作品。

23 蓋・泰勒斯（Gay Talese）：美國作家，曾於一九八〇以《鄰人之妻》轟動美國。

24 提姆・歐布萊恩（Tim O'Brien）：美國越戰作家，著有《核子時代》、《負荷》等書，其《鬱林湖失蹤紀事》被評為最佳的歷史小說。

25 史蒂芬・金（Stephen Edwin King）：美國知名科幻小說家、劇作家、電影導演，在二〇〇三年獲得國家書獎終身成就獎。

作，沒什麼大喜大悲，大起大落；費茲傑羅也大致如此，上學，因病退學，然後是入伍退伍，然後利用業餘時間寫作，接著就一直寫了下來，直到四十四歲那年與地球說拜拜。如果費茲傑羅也堅持長跑的話，或許不會這麼年輕就離開人世，如果那時候遇上村上春樹就好了，直到現在，在村上身上還看不出有疾病侵襲，狀態良好。

當了不起的村上春樹遇上了不起的費茲傑羅會發生什麼？當《挪威的森林》和《大亨小傳》放在一起，誰的銷量會更好？當、當、當……再當下去，孫悟空可能又要翻臉了。和讀村上春樹一樣，讀費茲傑羅也越來越成為一種時髦、時尚、突顯個人不俗趣味的表現，如果費茲傑羅突然間暢銷起來，其中的功勞村上也應該算上一份，至於收不收廣告費就不得而知了。據說村上春樹和費茲傑羅的外孫女關係不錯，村上還去過她家做客，這段事情村上寫進了自己的隨筆裡。如果可以的話，只是如果，村上春樹不妨寫篇專門向費茲傑羅致敬的小說，或許乾脆以費茲傑羅為原型。《挪威的森林》的扉頁裡寫的是「獻給許多的紀念日」，那麼這樣的小說也可以在扉頁上寫「獻給費茲傑羅」，雖然怎麼看怎麼像墓誌銘，但這樣的墓誌銘未嘗不好。也許「許多的紀念日」也包括費茲傑羅的忌日，這種可能性極大，村上是個細心的人，這點就像肚子餓了要吃飯一樣明確。

凌晨四點，肚子有點餓，眼睛有點乾，忘了燒熱水。村上春樹這個時間應該早睡了，費茲傑羅在天堂不知道過得如何。朋友說，每個人都應該有自己的歸宿，這話沒錯，男人、女人；作家、演員；勞工、上班族，都需要有個歸宿。費茲傑羅已經有了自己的歸宿，村上春樹最終的歸宿在哪裡，誰都說不準，他現在還很年輕，還很強壯，還很討人喜歡，對於了不起的村上春樹來說，要幹的事還有很多。《大亨小傳》對村上來說是私人性的書，費茲傑羅對村上來說，是私人性的作家，對村上迷來說，村上更是私人性的作家——對不起，話有點多，太陽照常升起，那麼明天再說。

村上春樹與卡夫卡：心靈流浪者的超現實風景

在村上春樹心中有兩個「卡夫卡」，一個是生於捷克布拉格，用德語寫作的作家[26]法蘭茲．卡夫卡，一個是出走少年，年僅十五歲，不過看上來更像十七歲的田村卡夫卡。卡夫卡在捷克語中的意思是烏鴉，日本的烏鴉很多，尤其是在東京，常能在電線杆上或是大廈的某個角上看到它們的身影。在寫《海邊的卡夫卡》時，村上有沒有受到烏鴉影響不得而知，而捷克的卡夫卡，這個外國「烏鴉」卻給村上帶來了實實在在的影響，二○○六年，村上獲得了「捷克法蘭茲卡夫卡獎」。不怎麼和外界打交道的村上破天荒地去領了獎，還接受了媒體「排山倒海」似的訪問，當然這不是武林外傳，這是領獎直播現場。看來他對「卡夫卡」相當重視，不管這個卡夫卡在別國語境中代表什麼意思，我村上今天來了。

想想村上大叔在他十五歲的時候就接觸到了卡夫卡的作品，實在是一個思想深刻觀察銳利的早熟少年，跟田村卡夫卡有得比。村上說自己是個容易害羞、異常敏感的人，這同樣能與卡夫卡比上一比。這世界上，有些事情往往具有突破常識的某種關聯性，假如有人說村上春樹是在世的卡夫卡，想來也有很多人認同，這不關乎文學成就和文學地位，而是兩個人具有難以分割的共同之處。村上春樹和卡夫卡，在各自的人生中都不約而同地扮演了心靈流浪者的角色，雖然跟嫦娥奔月的意義不能相提並論，卻也是兩位文壇高人的獨特之觸。在《海邊的卡夫卡》這部原書長達八百多頁的小說裡，村上春樹將這個獨特展現的淋漓盡致。

一個是二十世紀初歐洲超現實主義的文學翹楚，一個是風靡當代世界文壇的日本作家；一個嚴肅不苟言笑，一個內斂絕不多言；都是很能在自己的一方小天地裝酷的大師級人物。裝酷是一種能耐，是只有時間和空間的深厚累積才能玩得起的精神遊戲，全然有別於街頭古惑仔的裝傻充愣。卡夫卡大叔是貝多芬的命運交響曲，村上大叔是柴可夫斯基的小天鵝舞曲，兩個曲子，兩種人生，卻也同樣擁有著世界上最幸福也最痛苦的職

26 法蘭茲．卡夫卡（Franz Kafka）：二十世紀德語小說家，常採用寓言體，內容充滿奇幻想像，充滿特色的手法，被後人認為是現代主義、存在主義、超現實主義、魔幻現實主義等先驅。著有《判決》、《變形記》、《審判》等作品。

業——作家。作家絕對不是那種坐在家裡隨便寫寫的工作，困難度之大完全可以說是和田村卡夫卡希望不斷變得強壯一樣；而田村卡夫卡最後變得強壯了沒有，似乎是個沒有答案的結局。

捷克的卡夫卡大叔一生都沒當紅，死後卻紅得發紫，堪稱文壇中的梁朝偉；卡夫卡和梁朝偉更為相近的一點，是都有著一雙迷倒千萬少女的憂鬱眼神，就連我也偶爾會嫉妒一下。不知道村上有沒有嫉妒，一連叫了他好幾次大叔，可能多少也會有些意見，誰沒有個脾氣呢，人嘛，不是自己給自己營造氣氛，就是別人給你營造氣氛。卡夫卡就是後者的典型——超現實主義作家、寓言體小說大師、西方現代派文學前驅……名目是好名目，可惜老卡已經看不見了。生前作為業餘作家的卡夫卡或許根本沒想到自己百年後竟然會有這樣一番大紅燈籠高高掛的景象。

村上春樹沒有這方面的煩惱，他的人生更多是由自己寫就的。村上春樹這個名字很容易讓人聯想起春天的原野，這不能怪我沒有想像力，實在是他的父母太有想像力了。想像力讓卡夫卡看到了那隻甲蟲，想像力讓村上發現了披著羊皮的「羊男」，這並非是這兩個東西方作家的全部，而是一切荒誕心靈時裝劇的預告片。如果說人生是一齣戲，那麼文學作品同樣是一齣戲，照此推理，作家的一生及其文學世界是各種戲劇演出形式交織反動的一生，最終目的因人而異，有的達到高潮，享盡了文學人生的快感，有的半途而廢，成了某種精神的早洩者。

卡夫卡為了洞悉「社會人」而進行了一次極具生命意義的自我穿透，很多人認為那是在自找麻煩——何必要煎熬自己——正如常能在大街小巷聽到的流行歌曲一樣，這樣的話似乎也不絕於耳。就像二流日劇裡愛嘮叨的角色，當我寫下這樣的文字時，村上大叔可能站在某條小溪旁，遠眺日落時分的郊野風景吧。不知道他在想些什麼，一如村上不知道卡夫卡在想些什麼，因為，真正瞭解一個人是不存在的。

溝通是必須的，瞭解是不期的。想要磨製上等的咖啡，不下點磨製之外的工夫是很難達到的，村上大叔對這樣的道理當然心知肚明。一個是男人之苦，一個是少年之愁；一個是金絲大環刀，一個是小李飛刀。寫這句話的時候，捷克的卡夫卡病逝已經很多年了，也許是「為了忘卻的紀念」，村上請出了田村卡夫卡，這個人物的誕生據說是為了要成為這個世界上最強壯的十五歲少年。

「但無論怎麼說你才十五歲，你的人生——極慎重地說來——才剛剛開始。過去你見所未見的東西這世界上多的是，包括你根本想像不到的。」

上述的話與其說是烏鴉少年給田村卡夫卡的忠告，不如說是村上大叔對捷克卡夫卡的致敬之舉；事實上，這個世界所發生的一切全然超越了捷克卡夫卡當年的想像，幸好，捷克老兄早已預見有人會寫下這樣的斷語，於是用小說來加以進一步的闡釋。煮味道濃香的咖啡需要十足的經驗，倘若是新手，第一次肯定會成為漿糊，村上說透過卡夫卡自己才真正走向了作家的行列，而卡夫卡又是透過什麼成全了自己呢？請原諒，先讓我喝口咖啡吧。

就像世界上存在很多意外一樣，世界上也存在著諸多口味的咖啡，咖啡裡面隱隱約約有卡夫卡極具表現力的臉龐，每個人心中都會有或明媚或陰鬱的臉龐。所謂即時的靈感也往往來自這些臉龐，煮咖啡有煮咖啡的靈感，《審判》有《審判》的靈感，田村卡夫卡也有田村卡夫卡的靈感。他們都有各自觀察世界的視角，他們的世界異彩紛呈，卡夫卡的世界很美麗很殘酷，村上的世界讓人覺醒，朋友們說，我的世界裡有很多哭泣的人——怎麼說都行，只要別把我說的像《七夜怪談》那般恐怖就好。

卡夫卡的布拉格是個讓人欲說還休，欲罷不能的城市。這個位居歐亞大陸中心的城市有過輝煌和衰敗的歷史，演繹過各種各樣的政治悲喜劇和過場戲，近幾年來也不知怎的成了愛情的起點和愛情的終點，於是在眾多飲食男女心中成了一道難以割捨的都市情感紐帶，唱起一首首關於布拉格的戀曲。

如果把布拉格這座古老的城市看成現實與非現實的媒介，那麼卡夫卡對於我們來說可能會顯得更為「現代化」些，現在經常能聽到學識淵博的男男女女大談「當代性」，猶如娛樂節目主持人大談自己私生活一樣讓人耳根發癢。癢也具有當代性也未可知。但可以肯定，這絕對不是什麼「卡夫卡式」的生活模型，即便我們在現實與非現實的中途與卡夫卡本人相遇，也只能說明這個世界每天都在發生著荒謬的奇遇，生活很荒謬，非現實也很荒謬，村上用他的小說向我們展示一個個夢境與現實交相輝映的人間，這個人間讓人「風蕭蕭兮易水寒」，讓人「江楓漁火對愁眠」，當然也讓人「愛著、恨著、哭著、笑著」——劇情就這麼以此為話題而展開了。

上帝創造了卡夫卡，天照大神創造了村上春樹。有些事情自有其發展的軌跡，卡夫卡不止一次地哭泣過，為自己「卡夫卡式」的生活（這句話多少有點諷刺的意味），為這個永遠沒有清晰面孔的世界；而村上式的孤單也一直沒有消失過，它陪伴著村上式的讀者和村上式的生活走到了現在，從這個意義上來說，每個人都是自己眼前的景象。搖滾歌手在歌中唱到：

> 我想要怒放的生命

就像飛翔在遼闊天空
就像穿行在無邊的曠野
擁有掙脫一切的力量
我想要怒放的生命
就像矗立在彩虹之顛
就像穿行璀璨的星河
擁有超越平凡的力量
……

卡夫卡超越了他的時代，村上春樹正在迎接他的時代，這是兩個冥冥中註定要發現某種聯繫的作家，二〇〇六年的布拉格之行對於村上來說是第一次，也是他第一次這麼近距離地感受到卡夫卡的氣息。卡夫卡的氣息不是西伯利亞寒流，也非東南季風，他可能是「布拉格廣場」，也可能是「希臘聖域」。喜歡卡夫卡的人未必喜歡村上春樹，而喜歡村上春樹的人多少會去翻翻卡夫卡的小說，現代人有現代人的生活方式，一如卡布奇諾有卡布奇諾的調製方式。

沒有人會告訴你明天你會怎樣，那麼好吧，我剛泡好了咖啡，有別於布拉格街頭的咖啡，也同上島或星巴克有很大區別，如果大家不嫌棄，一起來喝吧，如果帶上老卡和老村的書更好。

余華與村上：荒誕側面的雕塑師

我在想為什麼要把[27]余華和村上春樹聯繫在一起，可能是哪天多喝了幾杯，題目本身就充滿了荒誕性——不能不說這句話有些道理。每個人都能說出一大堆的道理。這是一種強烈的表達慾在作祟，壓抑了很久，需要找個管道釋放出來；表達慾也是大多數作家最初進行寫作的動機，從某種意義上來說，啞巴和自閉症患者更適合成為作家，寫作本身是一種自己和外界進行有效溝通的對話形式。凌晨時分，當我看著自己寫下的這句話時，半杯茶已經涼透，文字是不是也會隨著時間的推移而逐漸失去它原先的那份溫熱，難以知曉，於是只有通過不斷書寫來延續自己一而再、再而三的訴說慾望，不管他是余華還是村上，想來多少都帶有這樣的想法。

余華和村上是完全不同類型的作家，不同的成長背景，不同的文化薰陶，註定他們筆下的現實人生露出的都只能是各自的人生側影。這兩個人很難說他們有多孤獨需要與人親近，有多傷感需要旁人溫暖。八聲甘州，兩岸猿聲，彼岸燈火，余華是希望中的絕望，村上是孤獨中的熱望，如果說有什麼是相同的，那麼只能說他們不僅是作家，也是男性。如果用顏色來對應這兩個個性鮮明的作家，那麼余華可能是黃色，村上可能是藍色，為什麼說是可能，因為他們都還很年輕，有時候還會顯出一些孩子氣，會時不時地自言自語，像是受了什麼委屈；相信他們在漫長的以後還有更多的可能性，這種可能性不僅豐富著他們的文學生命，也豐富著讀者對他們的想像。世界失去想像，人類將會怎樣？

能擁有文學生命的人是幸福的，他比普羅大眾多出一份感受人生滋味的通道，如癡如狂，如瘋如癲，如余華，如村上。江南的風、江南的稻田、江南的語言和故事構成了余華一切敘述的原點，而村上呢？村上是一座橋樑，在自我和外界之間構築起彼此穿插而又相互獨立的人生通道，於是，我們看到月光投下來的倒影，聞到遠方飄來的海風，聽到牆上鐘擺的聲響。熱戀的人相信永遠，世故者相信利益，背包客相信旅途，作家相信手中的筆，我相信時間。作家是一群很奇怪的夜行動物，有小脾氣也有大個性，皮毛光亮，叫聲

27 余華：中國當代作家，其作品《活著》和《許三觀賣血記》被選為「九〇年代最有影響的十部作品」；《兄弟》則被瑞士《時報》評選為二〇〇〇年至二〇一〇年全球最重要的十五部小說之一。

淒淒，喜歡聽憂傷的歌曲，喜歡看沒有結尾的小說，這一點，村上沒有讓人失望，余華的《活著》則在多年以前讓人透不過氣來。多年前，村上春樹開始在短篇和長篇之間尋找暫時休憩的缺口，為自己的長途跋涉積累更多的能量，在不同於余華南方故鄉的另一疆域，享受自造的黑色柳丁——這當然只是一種比喻——為了迎接下一輪在自己作品中消失的人物。有人喜歡失蹤，有人喜歡苦難，有人喜歡自憐，從中可以發現邂逅的不同意義，讀者與作家如是，作家與作品亦如是。

從來沒有永遠的苦難，也沒有永遠的幸福，優秀的作家告訴我們不止這些。兩個人在初學寫作時都不同程度受到外國作家的影響，都不約而同被視作本國最有希望獲得諾貝爾文學獎的作家，都期望不斷地自我超越。當發現自己不願表達了，不願訴說了，更不願敲打自己的心門了，那麼這樣的作家也就到了退隱江湖的時候了，很欣喜，余華不是這樣的作家，村上不是這樣的作家。他們也許聽說過對方，但從沒見過面，保持相對的距離，得到無限的回應，對我們，也是對他們。

人的本質是不斷失去不斷尋找的漫漫旅程。因為是旅程，於是漂流，像是個漂流的瓶子，從一個城市走到另一個城市，從一個自己走向另一個自己。與過去的約會，這是余華作為中國作家一個難逃的宿命，這個作家有很多關於家鄉的回憶，有當父親的喜悅，也有很多生活的無奈，余華像琥珀一樣讓人著迷，反射著時間的光芒，而村上是雪國的背影，讓我們一直追隨著他而不得。不得也是一種宿命，至少當村上春樹以他慣有的寫作方式來與我們進行和顏悅色的交談時，我們倏地感受到村上春樹更像是北歐的童話。他註定下一個暢銷的事實，留下模糊的腳步。

但是文學的意向不會模糊，這就是為什麼看余華和村上的小說不會讓人「視覺疲勞」。質樸的人不會故弄玄虛，不會炫人耳目，余華是精緻的，村上是新鮮的，黑色的幽默與無限的隱喻——這是一件適合任何人穿的大衣，如果你想透過這件大衣看到五花八門的世界萬象，就從觸摸它開始。

余華說，一切的結束就是一切的遺忘；

村上說，在某種情況下，一個人的存在本身就要傷害另一個人；

余華說，我十分懷念那個年代；

村上說，世上有可以挽回的和不可挽回的事，而時間經過就是一種不可挽回的事；

余華說，沒有一條道路是重複的；

村上說，儘管世上有那般廣闊的空間，而容納你的空間——雖然只需一點點——卻無處可尋。

余華說了很多話，村上說了很多話，話雖多，但身為作家本身，事實上這兩個男人並不怎麼喜歡用嘴巴來表達，而更願意用文字來表達。這個表達有時候像海峽的寬度，有時候像溪流的長度，或許還像女人微微上翹的嘴角。上個世紀九〇年代對於余華來說是豐厚的年代，余華不僅用他三部出色的小說奠定了他在中國不可撼動的名家地位，也讓人看到了純文學的另一種發展方向。九〇年代已經過去，很多語言已經成了昨日黃花，很多人再也沒有消息，而景色如舊，人潮還是洶湧，一如余華所說：生活比任何一部小說都要真實。

生活有生活的真實，小說有小說的真實，就像卡車司機有卡車司機的心事，漫畫家有漫畫家的苦惱一樣。一個余華，一個村上，當然沒有讓他們PK一下的念頭，余華是九月花，村上是三月草，這樣的比喻也只是粗略的代表一種情懷，事實上，誰都代表不了誰，茶是茶，酒是酒，MAZDA成不了Audi。《十八歲出門遠行》是余華生命中的一道完美的起跑線，從這裡，余華看到了綿延無常的人生步履，深一腳淺一腳，從八〇年代一直到九〇年代，他看到了一個少年的成長，一個村婦的紅臉，一個家庭的破滅，一段人生的死亡。

有人跟我說排比和長句讓人生厭，但是它能增加生活情趣，是的，我們需要生活情趣，需要好萊塢商業片和長腿美女，這是美好世界的美好一面。村上春樹不知道找到了沒有，去了那麼多國家，無意的偶遇也會有的吧。

幾年前聽說阿桑去世了，她是我較為喜歡的女歌手，有很多動聽的歌讓我的夜晚變得充實和溫暖，這樣一個給予人溫暖的女孩子卻在芳華之年離開了，去了遠方。每個人都有離開的那天，活著只能是短暫，而離開是永遠。十年轉瞬而過，三十年也只是白駒過隙，能多看一眼《活著》千萬不要放過這樣的機會，而村上，說起村上……小說真的不錯，為人真的OK，這種表揚的話當然不需要我多次重複，事實上，在陽光明媚的週六下午，看一本村上的小說比做瑜伽或做愛更有益身心健康。

我懷念寫《活著》的那個余華，那是一本能讓我流淚的書，我想念寫《挪威的森林》的那個村上，那是一本能讓我快活的書。可是很多事情都要變，都在變，變才是一切的主題，在這個主題的牽引下我們成長，我們失戀，我們流浪，我們離開，這是一場關於記憶的電影，也是作為日常生活背景音樂的爵士小調，電影還沒到結尾，小調在反覆吟唱。

昆德拉和村上春樹：生命擺渡者的另類航程

有時候靜思需要一點勇氣，因為靜思能讓你看到真正的自己，探聽到不為人知和不為己知的祕密，這些祕密來自童年的記憶，來自很多人對你的影響，甚至來自一隻貓，或是一隻瘸腿的長毛狗。於是靜思成了一種奢侈品。天氣熱得出奇，靜思更顯得不合時宜，那什麼是合時宜？[28]昆德拉像個遠古的祭司一樣露出匪夷所思的微笑，這個成名於祖國捷克，後來因故移居到法國的作家沒有卡夫卡似的憂鬱，沒有多明哥的高亢，沒有神聖羅馬帝國皇帝的囂張，他看上去很善於思考，也樂於訴說。

如果說村上春樹是靜謐的樹林中淙淙流淌的溪水，昆德拉則像是歐洲上空清新舞動的雲彩。除了雲彩，歐洲上空還有很多我們熟悉和陌生的景物，在容易失眠的夜晚，眺望一下遙遠的歐洲，並由此產生美好的想像也不失為一種自我療傷的手段。這個時候，村上的小說則成了你遠眺的依託，成了連接你內心歐亞大陸的獨一無二的橋樑；就某種意義而

言，村上春樹這個人和他作品的氣質更接近歐洲，而不是東方世界。

突然冒出一個念頭，如果村上是布拉格巷子中不起眼的某個老式路燈，它的人生又將呈現出怎樣的面貌。原來，一切都在想像之外。說起「永遠的男孩」村上春樹，對於我們，代表著語言和人格的魅力，這一點，偉大如昆德拉亦如是。昆德拉說：「我們每個人都生存在自我與現實的對立之中，我們都需要在現實環境中實現自我。」如一句讖語，暗示了人類一切沉重的本質，希望與失望，從來是裝飾生活不可或缺的道具，有人死在這個道具上，有人視而不見，有人把玩自賞。

村上的虛實敘事與昆德拉的沉重本質因此顯得及時而有力，這兩個性格迥異，面容慈祥的作家通過空氣震動散發出來的文字想像，承接了從上個世紀末延續至今的懷舊思潮。尋找、失蹤、隱祕及至無處安放的青春。青春不是抒情詩，也不是詠歎調，對此的比喻與說辭像喜馬拉雅山一樣高遠，不過我更願意說，青春是家鄉街邊的燒餅油條早餐店，是與我們若即若離的心地善良的舊時相好。老昆說，幸福是對重複的渴望；村上說，追求得到之日即其終止之時，尋覓的過程亦即失去的過程。如果時光可以倒流，假如我們不曾尋

28 米蘭．昆德拉（Milan Kundera）：捷克裔法國作家，曾獲六次諾貝爾文學獎提名，著有《玩笑》、《笑忘書》、《生命中不能承受之輕》等作品。

覓，那麼我們所謂生命的永久之舟是否就無法到達幸福的彼岸？

彼岸也有鄉愁，也有離恨，家鄉對於昆德拉是一種無處敘述的憂傷，祖國的巨變不僅結束了他的青春也結束了任何一種可能的回憶。每個人的過去都會以某種形式被埋葬，六十多歲的村上春樹遲早也會遇到。貓會蒼老，狗會死去，生前無需多睡，死後必會長眠——當我從朋友的文章中看到這句話時，腦海中浮出的是另外一句話：「世間萬物無一不是隱喻。」

海海人生的航程在一次次的擺渡中顯得過於疏遠。思念抑或忘卻，充實了文學的肌理，也給我們帶來無盡的想像，我想，村上春樹之所以那麼強調想像力，許是真實的世界過於平庸，這個平庸也來自每天重複的生活，那麼「幸福是對重複的渴望」豈不成了一句笑談？大概這世界過於一本正經，偶爾的笑談就算無多大作用，至少也可活動一下臉部肌肉。

昆德拉，這個性感的男人，被讀者廣泛熟知乃源於他最知名的作品《生命中不能承受之輕》，村上春樹在華語世界的平坦星途則是他那本著名的《挪威的森林》。佛家說一切皆因緣而起，與好作家好作品相遇也是如此，人的命運與書的命運也有著相同的軌跡；命運能讓人清醒，書籍能讓人開眼，那什麼能讓我們永恆？沒有永恆，一如沒有神仙。老昆的筆下有追求權利的男人，嚮往富貴的女人，他描寫這些女人的性感、美豔，她們的大腿，她們的胸部，她們的屁股，她們在說話，她們在爭吵。男人們在幹什麼？男人們在追求這些女人。

昆德拉和村上春樹都是語言的高手。文字能蠱惑人，能讓人迷失，昆德拉性感，村上平凡，這說的是他們的相貌，但他們都很懂得生活，懂得生活的男人，尤其是懂得生活的作家是永遠不會過時的。「性感的男人加上性感的文字等於極致的世界」——這句話當成時尚刊物的標題倒是很恰當。昆德拉發誓要讓上帝發笑，村上則希望不斷書寫妙趣橫生的有趣小說，他們是時髦作家，但又不僅僅是時髦作家，昆德拉的「無知」和村上的「隱喻」都是作為成熟作家的重要標誌。人世間有很多標誌，看得懂的和看不懂的。昆德拉和村上於現時的我們也許只是情緒的邂逅，也許只是感情的寄託，更為重要的意義在不斷閱讀中得到沿伸。一個可憐的人，一個幸福的人，一個背叛的人，一個走失的人，一個需要被不斷閱讀的人，時間很短，文學很近，大致不錯。

偉大的作家從來都不只是作家，這不僅是就其視野的廣度而言，也是就其身分的多重性而言。當然詩人也好，音樂家也好，作家也好，還是爵士酒吧老闆，長跑愛好者或是義大利麵粉絲，說到底，都是外在的標籤，喜歡一個人如同愛上一個人不需要理由——村上是曖昧的，昆德拉是鮮明的——一旦被人評論，自己就難以把握自己；作家被我們評論，什麼時候或許我們也被別人評論。這些年，大家都喜歡用「語境」這個詞，那麼在當下的生活語境中，從昆德拉和村上身上，愛他們的人又享用到了什麼？

昆德拉讓人興奮，村上叫人衝動，聽起來像齣精簡版的《六人行》，這部經典的美國影集我看得不多，不過小時候每次放學都必看《超人力霸王》，現在閒暇時間越來越少，但偶爾還是會看看高中時代的《灌籃高手》，十多年過去了，老昆和村上比任何時候都優美，而我，還是一副老樣子，什麼時候去韓國整整容好呢，不知道服務好不好，價錢公不公道——這個等以後再細說吧，現在我們和老昆和老村這兩個老傢伙在一起，聽昆德拉在《無知》裡講了怎樣的故事，聽村上又在哪裡分享了好聽的爵士樂。

張愛玲說，一個是白玫瑰，一個是紅玫瑰；某文青說，一個是藍調，一個是村上；前幾天我聽到一個女孩子告訴我，昆德拉讓她心痛。心痛？這是一個讓人起疑的字眼。愛上一個人是一種遠足，戀上一本書是一種滿足，昆德拉還是村上春樹，能否給我們再次帶來希望中的滿足？也許滿足只是偶然，也許遠足也會停歇，也許……好了，這樣的話就打住吧，有的人要打扮出門了，有的人要洗澡睡覺了。生活在繼續。

安妮寶貝和村上春樹：香檳碰啤酒

「[29]安妮寶貝的文字是灰色的，村上春樹的文字是綠色的」

這句話從哪裡聽來的已經忘了，大概是三年前，或是更遙遠的時光。周圍的人大多還很年輕，有著不為人知的心事，靦腆的笑容，看上去個個新鮮動人，叫人忍不住想上前捏上幾把。抒情的文字總是能透露人內心最本真的脆弱，而調侃的面容總讓人覺得這世界有些不可思議。安妮寶貝就是一個不可思議的女子，做過廣告，當過編輯，涉過金融，經常於半夜時分出沒網路，寫下淒離、陰鬱的文字，流淌出屬於都會女子的隱祕心事。

如所有人看到的那樣，安妮寶貝最終將纖細的雙手落在了美妙的文字上，間而成了一個旅人，吟唱不息，行走不止。這樣的女子是少見的，這般女子寫出的文字也是少見的。

29安妮寶貝：中國當代女性作家、雜誌編輯，以描寫都市男女愛情為主，傾向悲觀與頹廢。代表作有《告別薇安》、《彼岸花》等著作。

接觸安妮寶貝的文字和接觸村上的文字都是在學生時代，是個可以痛快哭泣，痛快歡笑的年紀。

也許那個時候不該看這樣的文字，因為它很咬人，讓你欲罷不能，讓你既害怕又欣喜。那年看了安妮寶貝的《八月未央》，一氣看完，感歎頗多（正是感歎的時候），這個女子的文字總是讓涉世不深的人感受一陣心悸，喘不過氣來的壓抑感，因為她觸碰到了你最柔軟的部分。幾個都會女子，幾度紅塵情場，誰給誰傷痕，誰給誰回憶，像後來氾濫的偶像劇，也一如早期的時代劇。

遇見一個旅人很容易，遇見一個讓自己迷戀讓自己心動的旅人卻十分艱難。這需要運氣。從「旅人」這個角度來看，我好歹也算是幸運的人，雖然偶爾摸牌手氣極差，但是安妮寶貝和村上春樹卻在我少年走向青年的時光隧道中實實在在為我費了不少力氣——時光很遙遠，生命要溫暖——一如絕望使人清醒，苦難使人豁然。看安妮寶貝的書需要很好的肺活量，看村上的書需要你有強烈的追求慾。三十歲看十五歲會覺得當年很幼稚，而七十歲看三十歲，也許你會發現，曾經的一切又悄悄地在你心裡發酵，安妮和村上都是這種類型。

這個叫安妮寶貝的女子，「像潮濕的沒有見過陽光的苔蘚，寄生在幽涼的牆角裡」，她的喜樂與悲傷像南方的細雨一樣總是能滴進你隱藏的最為深邃的傷口。她說：

「我喜歡花朵，喜歡把它們的花瓣一片片撕扯下來，留下指甲的掐痕，或把它們揉成汁水。」

「那個男人是什麼樣的，她沒有告訴過我。可是我知道，他曾經喜歡她穿著高跟鞋的樣子。」

沒有人會抗拒這樣的文字，如果你沒有忘卻你曾經擁有的美好，這個美好，村上春樹在「聽風的歌」的歲月也曾經歷，只是，一個潛藏，一個暗影，似乎都有點害羞的姿態。沒有黑白便沒有五彩，透過安妮寶貝豔麗詭異的文字看到村上孩子般的微笑，配上Secret Garden的曲子，安然度過無人問津的夏日午後，不僅是叩問生命的一種方式，也是追尋自我的超脫儀式。於不變的外物和善變的內心都是一種且行且歌的自我映照過程。

世上有可大可小，可有可無的事情，每個人皆因慾望過剩，煩惱陡增，徒勞了自己，觸傷了對方。都會言情小說裡常有意境相似的句子和段落出現，裡面有多愁善感的女子，膽小脆弱的男人，如果倒過來看這個人世，你會發現什麼？村上春樹在他的《東京奇譚集》裡用天馬行空的想像和清澈直爽的語調向我們呈現了一個個有趣的故事，有傷心的母親，有失去姓名的少婦，還有同性戀鋼琴調音師，這就是美妙人生，充滿意外和驚喜。安妮寶貝對於意外和驚喜也相當熟悉，從以往漣漪般的敘述到現在淡定的描繪，大致從父親去世後，這個女子也開始從另一番心態來與自己對話了吧。

安妮寶貝在她的《素年錦時》的自序裡有這樣一段話：「覺得成年的女子，是有著格外飽滿的俗世生活。」

飽滿的世俗生活，是的，作為普通人，我們付出勞動，領取薪水；學習知識，應付調侃；翻閱雜誌，緊跟潮流；談情說愛，增加閱歷——以目前的眼光細細打量，或許這是我們無法逃脫的通道。這就是活生生的世俗生活，與外界保持完美距離的村上春樹也逃離不了這種世俗的生活；我喜歡這樣真實的安妮寶貝和村上春樹，這兩位作家讓我們知道，真實的生活沒有童話，而在生活的側面，我們還有無盡的可能。

人人都有自己的祕密，而書寫是透過這種方式將一己的祕密變成多數人的祕密。我想起村上那張有著一副孩子氣的照片，又翻出印有安妮寶貝全身照的雜誌，聽著「凡人二重唱」的歌，驀地意識到這兩人其實比誰都需要溫暖和瞭解。有部電影叫《無情荒地有琴天》（Hilary And Jackie），如果安妮寶貝和村上春樹共同演出，想必會成為這個藍色星球最有意思的時尚話題。這部電影名字叫什麼好呢？我想了好幾個名字，這些名字只能屬於一個人的臆想，不可能有這樣的電影。

欣喜的是，成年的女子隨處可見。這是個振奮人心的好現象，說明地球一如它誕生那天起就順暢而不失幽默地運轉著。我們在勸慰人的時候總習慣說：「時間過去就好了。」時間是過去了，但很多思念卻越來越明晰，這是時間對於我們的損害；於是，安妮寶貝說，每次開始就意味著結束，這句話一如禪悟讓人覺醒。我不知道安妮寶貝是不是一個內心安寧的女子，就像我不知道村上春樹是不是真的如他說的愜意快樂。進入到對方的內心猶如進入到穿山甲的內心一樣困難重重，所以，我更願意在夜深人靜的時候點上一支菸，喝上幾口不冷不熱的茶，翻開那些陳年的書，書雖然陳年，但味道一如當初。當初我在做什麼？看書的你又在做什麼？

在青少年的眼裡，安妮寶貝和村上春樹無疑是屬於有文化的人，他們嚮往東京、嚮往西藏、嚮往西方式的生活方式，也許更嚮往美好的愛情和永恆的友情。這些有趣可愛的人們從村上春樹的小說裡尋找心儀的香菸、啤酒和衣服，在安妮寶貝的小說裡學習穿戴，與其說他們在尋找一種適合自己的定位方式，不如說他們在捍衛自己嚮往的生活方式。這種生活很像未完待續的章回體小說。

王小波和村上春樹：不期而遇的靈魂使者

[30]王小波和村上春樹的小說裡都有很多乾淨直接的性描寫，都有頗為奇趣的故事，這兩個男人本身也很有趣，有些人總喜歡把他們放在一起討論，我也不例外。林少華在談到王小波和村上春樹時說他們是兩顆質地相近的靈魂，我喜歡這兩個靈魂，於是我讓他們不期而遇。范曉萱唱著：「我懷念有一年的夏天，一場大雨把你留在我身邊。」這樣的不期而遇總是難得，尤其在王小波去世後的第十多年後更顯得彌足珍貴，因為任何一次文學上的邂逅都不可複製。

追求各自靈魂的獨立和心靈的自由，是王小波與村上春樹不期而遇的連接點，這個連接點就像某個具有過濾功能的通道一樣，讓我看到了這兩位大人物豐富多彩的精神世界。文學說到底是精神世界的折射，就這點而言，王小波和村上春樹都是一等一的高手。因為他們飽滿、自知。

或許我們可以通過文學創作上的相似之處來做個有趣的比較，比如在比喻上。

「我笑起來是從左往右笑，好像大飯店門口的旋轉門。」（王小波）

「她笑得如同夏日傍晚樹叢間洩下的最後一縷夕暉。」（村上春樹）

「她像受了強姦一樣瞪著我。」（王小波）

「那對眼睛如從月球拾來的石子一般冰冷。」（村上春樹）

拋開是否有意義的爭論，單是如此趣味盎然，生動活潑的句子就足夠讓人對這兩位作家產生豐富的聯想。

他們雖未謀面，但有交集，這也是為什麼喜歡他們的人常常將他們的名字掛在嘴邊的原因。王小波是特立獨行的，村上春樹是自由平淡的，閱讀他們，能幫助我們找到自己的人生目標，這個人生目標不需要多麼宏大，只需具有創造性即可。讓小波和村上不期而遇也是極具創造性的事情，如果有人願意，盡可以將兩人放到世界任何一個地方，看他們發

30 王小波：中國作家、劇作家，由於受到伯特蘭．羅素影響，他追求理性，反對思想禁錮，一九九七年病逝後，引發中國第二波自由主義的浪潮。曾獲《聯合報》中篇小說大獎；劇本《東宮西宮》獲得阿根廷國際電影節最佳編劇獎。著有《黃金時代》等書。

呆，聽他們閒聊。這兩個個性十足的文壇同行見面後會說點什麼呢？可能會寒暄幾句，然後給對方倒上葡萄酒，或是丟給對方一支菸，就像小說裡的那樣。對了，村上戒菸已經很多年了，看來只能喝酒了。雖然兩人的酒量都屬一般，那也沒辦法。

我想最好還是先給他們找出更多的相似點比較妥當，就像剛才找相似的比喻句一樣。所有的無聊都來自我們的無知，所有的坦誠都來自我們的自知——這句話說的好，充滿了智慧，村上春樹的小說裡每翻幾頁就能看到幾句有智慧的話，王小波也是如此，尤其是那種平常之中的智慧，悄無聲息卻能讓人如入禪境。

王小波自己說：「智慧本身就是好的。有一天我們都會死去，追求智慧的道路還會有人在走著。死掉以後的事我看不到，但在我活著的時候，想到這件事，心裡就很高興。」他還說：「這個世界自始至終只有兩種人：一種是像我這樣的人，一種是不像我這樣的人。」愛一個人最好遠離他，完美的距離才有完美的想念，對王小波對村上也是一樣。

拉開一定距離，我們發現原來王小波和村上都去過美國，王小波在美國留過學，村上在美國當做客座教授；兩人的文學作品輕鬆調皮但更多的是隱隱的傷感；兩人都有一個善良美麗的妻子，自己也都是「愛妻一族」，這一點尤其值得現在的人學習；兩人都被喜歡他們的讀者崇拜得五體投地，都有一批死忠追隨者。像這樣的相似之處如果耐心點還能找出很多，如王小波的時代三部曲，村上春樹的青春三部曲，但這些說的已經很多了，我想還是說點別的吧。

說點吃的吧，說到吃，現在的我五湖四海的口味基本上都能愉快接受，但最懷念的還是家鄉的炒年糕，尤其是母親做的，常常因為這個而想念家鄉，這讓我想到，在北京土生土長的王小波最喜歡吃的會是什麼呢？老北京炸醬麵？可能性極高，做法簡單，味道又好，關鍵是方便，只要醬做的道地就完全可以算是一道美味，夏天吃滋味更是令人難忘，對於智慧而又不失單純的王小波來說，沒有比這道老北京炸醬麵更適合的美食了。邊吃炸醬麵邊翻書看報的情形很容易浮現在眼前，說王小波是「生氣蓬勃」的男人，大概與這個也有一定關係，乾脆叫王小波為炸醬麵男人好了。主意不錯。

王小波是炸醬麵男人，那麼村上君很自然就是義大利麵男人了。炸醬麵對義大利麵，不會有什麼化學反應，也不會發生某種關鍵性連結，有的只是像搭建一座木橋一樣，使我喜歡的這兩個作家以這種方式彼此靠近，因為王小波和村上春樹代表了一份難得的童真。這年頭想要找什麼童真談何容易，侏羅紀的恐龍都滅絕了。王小波的童真是「牧童遙指杏花村」的歡顏式的覺醒，村上春樹的童真是「共飲一江水」的觸動式體貼，李清照說「一種相思兩處閒愁」，對王小波和村上當然不至於此，但是所謂「相思」倒也實實在在代表著我們這個世代不可追回的熱血青春。

王小波活到四十五歲時因心臟病突發死去了，那年，除了小波，還有很多人死去。世界不太平，生活很煩躁，村上春樹正在萬餘公里遠的某國依託逝去時光構築他的文學王國。雖然「每個人都是自己的主宰」這句話說出來時氣概萬千，但轉念一想，自己真的能主宰自己嗎？有的念頭來得無來由，就像喜怒無來由。所以我身邊的朋友總是說：「生活要裝飾，感情要裝飾，就連眼神也要裝飾。」裝飾是文學創作的一種慣用修辭手法，毫無疑問，平白直述的小說是沒有人願意看的，但生活若是過多波折，那麼就只能說是命運不濟。王小波是命運不濟而找了個藉口離開的嗎？村上春樹是在用文學來對抗這個充滿不幸的萬千世界嗎？問題很多，我們一直在尋覓。

可能有些沉重，但是與其別人給你沉重，不如自己給自己沉重來得痛快，王小波和村上春樹在我看來都是人文主義者，他們讓我相信，擁有溫暖的人性就能擁有溫暖的人生。如果你實在不願意聽這樣的嘮叨話，閉目養神一會也行。我給自己倒了杯水，你隨意來點什麼也好，即興來段肚皮舞也未嘗不可，我不會說什麼，我還能說什麼！這是個光怪陸離的人間道，小波和村上的小說說得夠明確不過了，光怪陸離的人間道有五彩繽紛的人間事，有飽滿的肌膚和荒涼的愛情——或許應該樂觀一點。好吧，樂觀一點，「傷心是世界服下的毒藥」，小波英年早逝，村上屏氣凝神。

想起小波的幾句話：

我想要從夢裡醒來，就要想出自己什麼時候睡著了，方能跳出夢境，這是唯一的途徑。

一個人只有今生今世是不夠的，他還應當有詩意的世界。

不幸的是，每個人都有自己的命運，你別無選擇，假如能夠選擇，我也不願生活在此時此地。

……

村上春樹和王家衛：兩個異變的「森林」

收音機裡正在放一首輕快的歌曲，歌手剛出道不久，歌曲的名字透著某種小城的明快。歌曲播完，電臺ＤＪ談起了王家衛，說自己最中意他的《重慶森林》，其次是《花樣年華》。這是大多數女性對於王家衛電影的第一直覺，假如問十個女人，大概超過一半的人會像電臺ＤＪ那樣回答。如果說村上春樹是都會女性的代言人，那麼王家衛無疑是都會女性的祕密情人。

如果有這個可能，她們是不會在選擇村上還是選擇王家衛之間猶豫的，她們會說：「我都要。」這也是可以預想到的答案。村上春樹是六〇年代的爵士男孩，王家衛是三〇年代上海的夜來香。我們遇上了100％的村上春樹，也邂逅了純粹的電影詩人王家衛，這是一年四季最不能被遺忘的回憶，因為回憶往往與想念同在。

王家衛不僅僅是個有品味的男人，更是個有韻味的藝術工作者，這個無論任何場合都戴著一副墨鏡的電影導演，熱愛音樂，喜歡生活，有小小的傷懷，有豐沛的想像；如果王家衛沒有拍電影，也許會成為一個優秀的樂評人，也可能成為一流的音樂製作人。音樂同電影一樣，需要好的腳本，優質的畫面和刻骨銘心的鏡頭。不誇張的說，王家衛本人就是一齣這樣的電影，像《2046》，雖然至今我不太明瞭《2046》想要傳遞給我們怎樣的訊息，但當中流淌而出的王氏風格是顯而易見的。一味討好對方或一味討好自己都容易讓自己走入死胡同，王家衛還未有這樣的死胡同，最終版《東邪西毒》告訴我們，這個男人遠在我們預料之外。有驚喜就有期待，這句話不僅對村上適用，對王家衛這個上海男人同樣有用。

村上春樹出生於一九四九年，王家衛出生於一九五八年，彼此年紀相近，成長經驗相似，在他們身上都留下了西方文化的深刻烙印。在他們很小的時候就接觸到了西方式的生活方式和審美品味，他們想盡辦法親近外國的音樂、購買外國牌子的香菸、追求外國的生活格調；後來他們都長大了，聽起了爵士樂，看起了外國電影，做起了五光十色的夢。（年輕真好）

這樣的場景構成了村上小說不可分割的重要部分，也成了王家衛電影的一種敘述方式，這種方式在某種程度上加重了讀者和觀眾的頹廢和憂傷，常常令人掩卷思索，或是淚流滿面。在王家衛的花樣年華裡有貓王、喝可樂、梳飛機頭，這是一種舶來的懷舊，雖然不是土生土長的香港製造和日本生產，但依然能讓我們這些紅塵男女找到熟悉的面孔，讓人無限悵惘，也註定了王家衛的電影擁有深深的時代印痕。這沒什麼不好，舉頭望去，新潮的比比皆是，而能沉下時間印記的東西卻越來越少，要說什麼能讓人留下深刻印象，並為之深深悸動，村上和王家衛當然是不二之選。

不過也有遺憾的地方，無論是看村上春樹還是王家衛，都容易讓觀者陷入到自戀的境地，這種自戀又恰好是自己心甘情願的，真是不好辦。我們是自身的[31]無腳鳥還是羊男？也許這不重要，但有時又對我們暗示著什麼。我更願意說，這是個充滿誘惑和暗示的世界，很奇妙，很有看頭，就像[32]松本清張的推理小說，總叫人期待下一章會說些什麼。

說起王家衛的電影，可以看成是夜行都市的翻版，也可以看成是戀愛世紀的漫長前傳，《東邪西毒》、《墮落天使》、《重慶森林》都一脈相承。人們總喜歡給自己一套完美的說辭來與外面鬧哄哄的世界求得平衡，這是我們作為人類的本能，我們用語言和情感來豐富我們的生活，村上就是我們的語言，王家衛就是我們的情感，那裡有好看的故事，動人的劇情，重要的是，我們能在那裡找到自己，直到一切成為灰燼。

王家衛曾經提及他十分喜歡村上春樹的作品，那種人物關係的不確定性及其時空的衝突正是王家衛所要力求表現的。在王家衛的眼裡，一部好的電影就是一本好的小說。在村上的《世界末日與冷酷異境》當中以「世界末日」和「冷酷異境」這兩個相異的時空變換方式，交叉地展現出富有未來主義色彩的當代景觀——城市脫離了現實，人物活在幻想世界，翻看王家衛中期的影像世界，同樣有類似的主題探索，或有同工之妙。沒有名字的各色人物、若即若離的情感關係、用數字和日期來表達內心等等這樣的「路數」王家衛運用的也是相當嫻熟。瞧瞧《阿飛正傳》裡的這段臺詞：

十六號，四月十六號。一九六〇年四月十六號下午三點之前的一分鐘你和我在一起，因為你我會記住這一分鐘。從現在開始我們就是一分鐘的朋友，這是事實，你改變不了，因為已經過去了。我明天會再來。

再看看《重慶森林》裡的臺詞：

31 無腳鳥：出自王家衛的《阿飛正傳》。

32 松本清張：日本推理小說作家，用推理的方法探索社會犯罪的根源，揭露社會的矛盾，是社會派推理小說的先驅。著有《砂之器》等作品。

我們分手的那天是愚人節，所以我一直當她是開玩笑，我願意讓她這個玩笑維持一個月。從分手的那一天開始，我每天買一罐五月一號到期的鳳梨罐頭，因為鳳梨是阿May最愛吃的東西，而五月一號是我的生日。我告訴我自己，當我買滿三十罐的時候，她如果還不回來，這段感情就會過期。

村上春樹和王家衛同樣有「意識漂流」的傾向，這種非常態的表現暴露了他們曾有過的迷茫，我是說在他們的作品當中──激盪青春的迷惘，日常生活的無措，就像無腳鳥，不知道停落在哪裡，哪裡才是真正屬於自己的家。極端一點來說，也唯有迷惘和無措才是年輕的基調，也唯有迷惘過，無措過，才能算是完整的人生。有嘲弄，有熱血，也有心死，但最後都被洗滌乾淨。這是一種怎樣的力量？肯定有人比我更清楚。

年輕的時候總是喜歡幻想，做著春華秋實的夢，念著白衣飄飄的伊人。村上是少年的夢，王家衛卻不是我的伊人，王家衛是什麼並不重要，重要的是他曾拍下那麼多的男歡女愛，那麼傷的末世人情，倒有些「問君能有幾多愁」的感慨，歲月是男人的資本，時間是女人的殺手，幸好，我還不算老，還可以在閒暇時光翻翻村上，和朋友們聊聊王家衛，這兩個人很容易成為大家的話題人物，能讓彼此陌生的人找到共同處，至於能發展出什麼，只能順其自然了。

我們可以說這兩個男人都是現實世界的異類又是虛無世界的主流，村上和王家衛不謀而合，在看似支離破碎的文字與畫面之下，悄悄構建起一個龐大的自由王國，這個王國有沙灘，有海風，也有死人。同樣的精神氣質，同樣的寂寞核心。有無法言說的寂寞，有縱使充實也依然空無的寂寞，村上和王家衛屬於後者，越長大越孤單，越寂寞越美麗。

讀村上春樹的小說，是對純真感情世界的體會歷程，看王家衛的電影，有時洋溢著天真與青春，有時充斥著陰暗與頹廢。村上和王家衛透過他們獨一無二的手法吟誦各自的人生哲學——人生何嘗不是如此，在如此的人生中，我們又該何去何從？人類一思考，上帝就發笑，但我們又不得不思考，因為人類不思考，上帝會嘲笑。

「希望你下輩子不要改名，這樣我會好找你一點。有時失去不是憂傷，而是一種美麗。」

這是村上極討人喜歡的情調。

「其實『醉生夢死』只不過是她跟我開的一個玩笑，你越想知道自己是不是忘記的時候，你反而記得越清楚。我曾經聽人說過，當你不能夠再擁有，你唯一可以做的，就是令自己不要忘記。」

這是王家衛一貫的文藝腔調。

我不禁生出一個念頭，如果讓王家衛將村上春樹的小說拍成電影，那會是怎樣一種光景？

村上春樹與岩井俊二：越美麗越殘酷的青春吟唱

岩井俊二[33]的電影看過三部，《四月物語》、《青春電幻物語》及《情書》，看《四月物語》是因為人印象深刻，這在我來說極為少見。所以我常想，一個人「入魔」容易「除魔」難，特別是岩井俊二這樣的青春影像，更是牢牢的，不容回避得抓住了我的心，感覺相當強烈。

在岩井俊二那裡，青春不僅是一個可供闡述的深刻主題，也是人生的一種色彩，指尖的一種觸感，我是說，當你年老之後，假如指尖還有對青春的觸感，那麼你無疑還是擁有著青春的肉體和青春的心靈。很多人之所以幸福的度過了屬於他們的人生，大多也是因為

33 岩井俊二：日本導演、作家，其青春愛情電影如《情書》、《青春電幻物語》、《花與愛麗絲》等在亞洲掀起抒情風潮。

無時無刻被青春的氣息包裹著——日本情愛作家34渡邊淳一據說就是這樣過著他的生活。《青春電幻物語》是一部殘酷青春物語，與《四月物語》那種青春期的懵懂情愫有著截然相反的表現張力。岩井俊二在《青春電幻物語》裡充斥了太多的心痛與不得，而在《情書》中詠歎調般的憂鬱少年和如夢葬禮在美若畫境的卷軸中留給觀者飄然而逝，潔淨至滅的蒼涼宿命；這樣的情感投影與村上春樹在《挪威的森林》裡的一段傾訴尤為契合：

「即使在經歷過十八載滄桑的今天，我仍可以真切地記起那片草地的風景。連日溫馨的霏霏細雨，將夏日的塵埃沖洗無餘。片片山坡疊青翠綠，抽穗的荒草在十月金風的吹拂下蜿蜒起伏，透迄的薄雲彷彿凍僵似的緊貼著湛藍的天壁。」

不管村上春樹近來的書寫是否更偏向沉重主題，也不論岩井俊二是否要尋覓個新的表述出口，但根本上，村上和岩井是永恆的「青春畫師」，讓人只要略一與之照面，便被深深吸引而無法自拔。也難怪有人在看村上春樹的《挪威的森林》就會想到岩井俊二的《情書》。他們兩人都算不上是那種「主流」的文化人士，但在普羅大眾看來，他們絕對是可被推崇的「人文大家」。

在他們風格迥異，但核心相通的作品裡，身為都會男女的我們看到了自己潛藏於心的對青春歲月近乎偏執地依戀與不捨，有關記憶，有關個體，有關生命，意義不需要太過深刻，我們渴求的是精神的飽滿。

如同《挪威的森林》裡渡邊對直子的愛，對於現實的完美憧憬，然而一切如夢如幻，水中月，鏡中花。在唏噓之餘，我們驀地發覺，原來「青春是我們為自己釀的一碗桂花釀」。

村上和岩井用他們的方式給我們呈現了非現實的世界，而我們體會到得卻是活生生的現實觸覺。村上春樹的《尋羊冒險記》和岩井俊二的《愛的捆綁》是此類代表，透過影像手段突顯出來的非現實性是為了讓現實的遭遇以更為直接的方式暴露在我們面前，這是個體經驗的感受，也是主觀臆想的努力。藉由顛沛流離般的非現實處理，村上和岩井傳遞給我們的不僅是遺憾與孤獨的不可逃脫，也是我們為不可預知的未來而不斷前行的某種寫照。正所謂人間的一切從來都是希望與絕望並存，也正是交織著希望與絕望的人間，喚起了我們的共鳴，並不斷地把我們感動。

孤獨青春、殘酷個體、寂寞人文，這些頗具「解構」意味的詞語讀上去非常順口，讓

34 渡邊淳一：日本作家，曾以《光和影》獲直木文學獎。最為人熟知的作品為《失樂園》，其中描寫的不倫性愛，在亞洲造成熱潮。

人親近，說來也是一些有意思的話題，但倘若你走近它們，便會發現原來我們還遠未長成我們期待的那副模樣。於是有人敲門，有人駐足，有人旁觀，有人沉默，這是我們對自己的懲罰，不知從哪聽說了這句「唯有逆境方能成長」。以後的人生道路上，除了村上和岩井，跟我們青春作伴的還會有誰？

今天是四月九號，一個普通日子，難得的明媚藍天。小狗開心，孩子嬉鬧，四月，北海道少女榆野卯月離開家鄉，坐上開往東京的火車開始嶄新的大學生活。在這個漂亮溫柔的少女心中有個小小的祕密，從高中起就暗戀比自己高一屆的學長山崎，這也是高中時期成績平平的榆野卯月能順利考上大學的最重要原因——抱歉，這個影片的故事梗概寫得有點粗糙，於是我重溫了《四月物語》，一如初看時讓我心潮澎湃，尤其是少女騎著自行車的歡喜模樣，就像一幅雋永的荷蘭風景畫。

青春是風景，人生如旅途——我的一位頗有個性的朋友這樣對我說。前幾天，也就是在他十九歲生日當天，這個有著一縷性感鬍鬚的年輕人送給我一本書，書裡有張卡片，寫著如下這段話：

青春是道明媚的憂傷，當青春散場，我們還有什麼？總覺得這樣的說法有些讓人小小的悲傷……怎麼說呢，青春也是很美好的。是一輩子唯一的一段時光。有該做的事，該享受的美好，該忍受的無奈，不必假裝成熟，無需刻意脆弱……其實人活著的過程就是不斷超越自我的過程……

這段話讓我想起最初讀村上和看岩井時的情景，雖然最近我的記性越來越差，很多事情的細節變得越發模糊，但我還是清楚的記得，那天陰晴不定，偶爾有風，我打著傘走在回家的路上，手裡的袋子裝著兩本村上的小說；回到家後連夜看完，第二天精神依舊。這樣的日子很令人懷念，岩井俊二的模樣也令人懷念。村上春樹和岩井俊二都是表面冷淡，內心豐富的人，我喜歡這樣的人，也樂於跟這樣的人打交道，但是可惜，這樣的人如今日漸稀少起來。

一首歌唱得好：「不是我不明白，這世界變化快。」在有幸遇到村上和岩井之外，我希望人生還有更多更好的相遇。

在日出國的工場，傾聽村上春樹的音樂

村上春樹的音樂部落格

一個對爵士、搖滾、民謠等西方音樂類型瞭若指掌，如數家珍的日本男人，又恰好是在讀者心中具有不可取代地位的偉大作家，那麼我們又該用怎樣的字眼來形容他？村上春樹就是這樣一個很難被形容的日本男人和世界作家。但是如果細心些，給村上春樹貼上某類顯眼的標籤也並非難事，拿音樂來說，村上無疑是自己音樂部落格的不二主人；他選擇，他傾聽，然後告訴我們他的聽後心得，我們呢，則從中尋求自己需要的那個部分。這大概就是我們能與村上保持熱烈關係的原因——親切而不過分親密。

村上並非出生在音樂世家，父親是國語教師，祖父是寺廟住持，都是不會跟音樂發生直接關係的行業。父親也許會偶爾哼幾段老電影的插曲，但對於西洋音樂可以說全然無涉，家裡一張唱片也沒有，也沒有熱愛音樂的親戚朋友。不過多虧了那個被西化浪潮席捲的年代，否則我們很難想像現在的村上將會怎樣。

村上春樹被人、或者說是被文青推崇，除了他獨具風格的文字，他對西方音樂的熟稔，並隨時能將其引申為人物命運的注腳和對世界的隱喻的特質，也是一個重要的原因。正是村上的這種特質，讓他在人們心中的形象更為立體，閱讀村上的作品，傾聽他的音樂，一種自我陶醉的細膩感覺油然而生，並貫穿整個對村上的追逐過程。如前所述，追逐不是為了親密，而是尋找一種熟悉。這種熟悉很容易尋找，村上迷西方音樂就像當年我們追星一樣，我們買海報，聽卡帶，看演唱會，村上則全身心投入到西方音樂的潮流中，只是十五、六年過去了，對於什麼歌星，我們已經不再有當年的那種熱情，而村上卻一如從前。真是個倔強的日本男人。

作為西方音樂骨灰級發燒友，據說不只普通的ＣＤ，光是黑膠唱片村上春樹就收藏了六千餘張，這個數字每年都在增長。在國外旅行期間，尤其是在美國的那幾年，村上最常光顧的就要數當地的二手唱片行了，他在那裡尋找絕版的老唱片。享受音樂，搜羅老唱片構築了村上生活樂趣的重要一面。一個愛好能持續這麼多年，並且熱情有增無減，不能不說是一種奇蹟，佩服。

生活在別處是一種自我流放的精神快感，享受在即時是我們把玩生活樂趣的重要途徑；做人若是沒了樂趣，就會成為行屍走肉，還好，有村上陪我們，而村上則有音樂充實

「下午最後一片草坪」。爵士、搖滾或是民謠，即便是放到現在，對許多年輕人來說還是新奇。村上總是走在我們前面，這個老傢伙，多年長跑身子骨越來越結實了。

音樂對於村上的意義猶如親人對於我們的意義，對於村上來說，沒有音樂的人生無法想像，與其說村上用他的文學作品為我們打開了一扇通往意象世界的門，不如說在不知不覺中，村上已然成了一個西方音樂推廣大使。我們從他的小說中發現了優美富有節奏的旋律，也認識了那些如雷貫耳的名字，一些人抵擋不住村上的誘惑，也開始在唱片行或朋友處分享西方唱片，如果說周杰倫是時下東方爵士與嘻哈音樂的推廣代表，那麼村上顯然走在周杰倫的前面，只不過一個通過音樂，一個通過文字，都是在自己的行業中幹出名聲的超級巨星。

村上的世界是音樂不絕於耳的世界，也是彌漫文人雅趣的世界。村上喜歡將音樂當成自己的日常生活用品，把玩、聆聽、細品，並將感受落於小說和隨筆中；我們翻書便能聞到濃濃的音樂味道，這是村上的用心之舉，沒有音樂，小說就失去了大半的韻味。音樂是潛藏於村上小說世界後面的另一方橫無涯際的美好天地，是解讀村上及其文學的一把重要的鑰匙。

村上的音樂世界豐富但不雜亂，剛才也提到了，從爵士到搖滾到民謠，隨性而來，隨興而去，不刻意但又處處表現出不同凡響的創造性。和文學創作一樣，在音樂上村上也時常流露出自己豐沛的情感，並將這種私人化情感轉為能與讀者分享的大眾感受，從這一點也可看出，村上絕對不是私人性的作家。

這裡插播個小小的故事。很久以前，村上還是個默默無名的酒吧經營者，還沒從事寫作。由於天天與人打交道，村上和妻子每天都感到身心疲憊，一天晚上，村上帶著太太一起去聽鋼琴演奏會，當演奏會的序曲剛一響起時，村上突然覺得疲倦一下子消除了，走出音樂廳後，村上覺得神清氣爽，美麗的人生向自己敞開了另外一扇嶄新的大門。

這是個「故事」，似乎又是個美麗的傳說，不管怎樣，音樂帶給村上的就像村上帶給我們一樣，具有超越時空的持久影響力。鮑比．狄倫猶在耳畔，[35]甲殼蟲還在記憶中爬行，國境之南的地方有我們的初戀，還有我們未知的將來，當然，也許什麼都沒有——也許村上最想告訴我們的其實是這個。在村上的音樂世界，有很多有趣的人登場，也有很多有趣的人謝幕，他們帶著各自的快樂和憂傷從我們身邊走過，時空交錯，時光流轉，也許還能相遇，也許終生陌路。

35 這裡指的是「披頭四」（Beatles），由於Beatle和Beetle神似，因此又有人稱他們為金龜樂隊、甲殼蟲樂隊。

村上無窮無盡的勁頭很容易感染到別人，比如我，以前在學校看村上的書時，總喜歡學著裡面人物的樣子，聽著音樂，一隻手做著什麼事。我想，雖然看村上的小說可以在任何場合，但是聽村上的音樂還是需要選擇一個較為適宜的場所，音響設備也絕不能馬虎，陽光可以不充足，但是心情一定不能差到哪裡去。接下來一切都會順理成章，就像村上筆下那些莫名失蹤的人，或在某條街上偶遇的兒時玩伴。

當音樂響起來時，躺在陰晦的陽光中或是睡在廉價的沙發上，任思緒飛舞，隨想像力馳騁，我知道我們擁有很多，同時也缺少很多，想像力使然。音樂也是一種想像力，村上大概不會反對這麼說。

以〈挪威的森林〉（Norwegian Wood, Beatles）作結：

I once had a girl
Or should I say she once had me
She showed me her room
Isn’t it good Norwegian wood ?
She asked me to stay
And she told me to sit anywhere
So I looked around
And I noticed there wasn’t a chair
I sat on a rug biding my time
drinking her wine
We talked until two and then she said
“it’s time for bed”
She told me she worked
in the morning and started to laugh
I told her I didn’t
and crawled off to sleep in the bath
And when I awoke I was alone
This bird had flown
So I lit a fire
Isn’t it good Norwegian wood

村上春樹與鮑比．狄倫

[36]鮑比．狄倫在一九六一年從家鄉寧靜的小鎮前往國際大都會紐約尋找自己的音樂夢想時，我們的村上還只是個十二歲的無憂少年，每天一個人讀著書店寄來的《世界文學全集》，在平淡的生活中送走無奇的日子。有人唱著「[37]我在那些情節流轉裡懷想逝去的旅程，一個散場的黃昏」，多年以後的村上若是聽到這樣一首歌，或許別有一番深韻。十二歲的村上也許不算是個道地的文藝青年，但卻是個道地的孤獨者，孤獨使人清醒，因為他總比別人思考的更深遠；而少年時的鮑比．狄倫是個平凡的喜愛音樂的男孩，有許多偶像，也有一些無法打發的無聊時光。不過我總是這樣想，每個人總是會在某個特定的時間點上遇到自己一生的旅伴，這個旅伴可以是人，也可以是別的東西，如文學，如音樂，村上和鮑比．狄倫都遇到了。我很羨慕他們。二十多年以後，將這兩個頂呱呱的男人聯繫在一起，人們依然談論著他們與音樂。對村上來說，鮑比．狄倫無疑具有像神一樣的地位，他

的小說裡無一不有這個美國音樂家的影子。

細翻鮑比．狄倫和村上春樹的青春過往，一些共通的時代烙印一一浮現於我們面前。六〇年代的日本，學生運動席捲整個日本學界，進而影響政治生態，大規模的遊行示威，甚至有極端的自焚事件層出不窮，學生不上課，教師無課上，而鮑比．狄倫身處的美利堅大地也在經歷著相似的遭遇。日本大學生反對日美安保條約，振臂大呼「拯救日本」；美國青年則在反對「越戰」，參加民權運動；同一時期還有法國爆發的「五月風暴」，這些都使得整個六〇年代幾乎呈現出一種「不斷抗爭不斷否定」的意識大河。

那是一個青春激揚的年代，是全世界的年輕人用熱血和理想去企圖改變這個世界的年代，以這樣的眼光去看村上作品，或許人們的看法就不單單是如今社會上那些流行的說辭——鮑比．狄倫的音樂也是如此。在風起雲湧的「抗爭年代」，這個美國人的音樂不僅成了民權運動必不可少的聖歌，也代表著不可得的終極理想。這或許就是「標籤」的力量，人

36 鮑比．狄倫（Bob Dylan）：美國民謠歌手、音樂家、詩人，被認為是美國六〇年代重要的反叛文化代言人，如〈Blowin' In The Wind〉就是反戰抗議和民權運動的經典歌曲。在音樂上的探索包含了民謠、搖滾、鄉村、藍調、爵士和搖擺樂等。

37 出自萬芳的〈收信快樂〉。

們按自己的喜好給大人物標上容易辨別的標籤，方便評說，更容易拿來比較。

這樣說來倒不如周星馳的一句話來得乾脆——「其實，我是個演員。」

村上不是喜劇作家，鮑比．狄倫更非演員。雖然一些人喜歡用表演手段來迎接陽光，面對他人。好吧，言歸正傳。

時代的氣息有著某種巨大的神祕力量，即便是穿越幾十年的時光，也依然能發現它在當下的蹤影；人們總是喜歡聽到內心不同的聲音，對外界的感知和對自己的渴望，無論是穿著、首飾、語言還是街景，甚至是漫步在大街上行人的表情，都會在某一時刻映照出多年以前的迴影——村上從一九七九年持續「紅」到新世紀的如今，鮑比．狄倫依然被某些人尊為民謠之神，這正是最好的說明。事實上，村上對於鮑比．狄倫的崇敬，不止是買幾張唱片聽聽而已，鮑比．狄倫已經成了村上「一切皆是隱約」的最好承載物，從村上的處女作《聽風的歌》開始就是如此。

「聽風的歌」這四個字如果要對照鮑比．狄倫的某一作品的話，最好的選擇就是〈隨風而逝〉（Blowin' In The Wind），很多人都覺得這是村上對鮑比．狄倫的致敬之作，但我更願意說這是這兩個六〇年代的人不約而同向時代致敬的作品，因為說到底，村上和鮑比．狄倫是那個還不算遠的時代的產物。

美國黑人民權運動進入高峰的一九六二年，二十一歲的鮑比．狄倫寫下了日後成為經典的〈Blowin' In The Wind〉，這首歌被樂評者稱為「反體制運動的象徵性歌曲」，也為廣大年輕學生所喜愛，由於這首歌曲的問世，鮑比．狄倫也成了年輕人們的英雄詩人。

在村上春樹的長篇傑作《世界末日與冷酷異境》中，「隨風而逝」的末世情緒表現得格外明顯，也許在這部作品中，才稱得上村上借用了這首歌的精神元素。這是與死亡遙相呼應的哀傷之歌，我們聽到風聲，雨聲，在「世界末日」等待最後時光的降臨，在「冷酷異境」期待死亡的結局。對於村上而言這當然又是一個充滿玄機的隱喻。與鮑比．狄倫在「隨風而逝」中呈現的六〇年代的不死之身及死亡之心交互對照，就我看來，這也正是《世界末日與冷酷異境》的結局——「大雨就要落下來」（A Hard Rain's A-Gonna Fall）。

一切消失而來，一切消失而去，「我」在無處的空間遭遇無數的人，〈品川猴〉裡的美月丟失了自己的名字，《國境之南．太陽之西》的島本一次又一次地消失，《舞．舞．舞》的五反田選擇了自殺了事，還有很多很多人以各自的方式「隨風而逝」。「我」終於失去了「他們」，「他們」永遠離開了「我」。在世界末日也好，在冷酷異境也罷，任何事物都終究「隨風而逝」——村上告訴我們，這是必須接受的事實。好吧，接受，順便也聽聽鮑比．狄倫的歌曲。

由《聽風的歌》發軔，在接下來的一系列作品中，這種「隨風而逝」的末世情結一以貫之，成了村上的特殊標誌。「世界末日」連接著「冷酷異境」，非現實與現實的交替出現，這就是「隨風而逝」的本質。雨水有停歇的時候，太陽有下山的時刻，大地遼闊，自我渺小。

說的多少有點複雜，放輕鬆些好了。不是還有鮑比．狄倫的音樂嗎？村上的小說加上鮑比．狄倫的音樂，絕對是道令人讚不絕口的佳餚。村上春樹影響著我們對於世界本相的認識，鮑比．狄倫影響著我們對於音樂精神的探知，這不是戲，但也不是什麼宏大的歷史敘事，我們要做的，或許只是挑個恰當的時間，說幾句有趣的話，談一場持久的戀愛……我們還有很多事要做，還有很多人等待相遇，還有很多疑問需要解答，就像鮑比．狄倫唱的那樣——

一個人要走過多少路，才能被真正地稱做人？
白鴿要飛越多少海洋，才能棲息在沙灘上？
要經歷多少槍林彈雨，武器才能被永遠的禁止？
朋友，就讓答案隨風而逝。

高山佇立多少年，才隨雨水流入大海？
人們活了多少年，才終於獲得自由？
還要轉身多少次，假裝視而不見那些苦難的臉？
朋友，就讓答案隨風而逝！
需要仰望多少次，才能看見藍天？
需要多少雙耳朵，才能讓他聽到人們的哭喊？
要犧牲多少生命，才會知道死去的已然太多？
朋友，就讓答案隨風而逝。

六〇年代的日本爵士文化

雖然從「祖宗」來說，爵士樂原本是純粹的非洲黑人音樂，但是自十九世紀末以來，這種黑人音樂形式更揉合了英美尤其是美國音樂的元素，並且在不斷發展演變中融合了更多的音樂類型，使之成為了一種具有「混血」性質的音樂形式，最終誕生了至今讓人喜愛而具有獨特風味的西洋音樂。

爵士樂是全世界最具有包容性的音樂，以前是鄉村樂、舞曲、藍調，現在則是迷幻搖滾、電子樂或是民謠，正是基於其包容性，爵士樂在世界各地開花結果，形成了各具地域色彩的爵士樂類型。中國有中國的爵士樂（二、三〇年代上海的爵士情調），法國有法國的爵士樂（誕生了眾多大師級的爵士樂手），美國有美國的爵士樂（影響綿延至今的風潮），但是話說回來，最為道地的黑人爵士樂還是在美國。

沿著歷史的足跡回溯往昔，我們會發現，一種強勢的文化形態得以推廣至其他國度，一者靠文化本身的超強魅力，二者靠強權政治的全面影響，日本的爵士樂就是在這兩種情況的雙重影響下得以迅速發展，雖然日本所在的東亞文化圈離歐美文化較遠，但是一個不容忽視的事實是，日本從六〇年代末起就已經成了亞洲的爵士樂重鎮，培育出一流的爵士文化和爵士樂手，上海爵士音樂節在邀請歐美大師的同時也絕對不會落下東洋的那些高手。

日本無條件投降後，拉開了美軍進駐的歷史，為滿足美軍日常生活所需，各類餐廳、酒吧、電臺、還有西方音樂逐漸在美軍基地附近衍生開來，由此產生的各種資源和生活方式開始走入日本普通民眾的生活，同時也駛進了日本人的文化軌道。爵士樂正是憑藉這一政治上的優勢大舉登陸日本，並為之提供了最為豐富的生長和發展的土壤。

早期的日本爵士樂手都曾經在美軍的娛樂場所進行過最初的爵士樂啟蒙，日後獲得國際聲望。堪稱日本爵士樂奠基者的秋吉敏子以及渡邊貞夫也是經由類似的途徑而接觸到爵士樂。花草失去土地就會失去光澤，爵士樂的新興和爵士文化的形成如果沒有相應的氛圍作為依傍，同樣也會夭折。

在美國，爵士樂因作為街頭流行文化的一種而被看成是大眾娛樂，但是日本人自五〇年代接受爵士樂開始，就將其視為都市文明與先進文化的象徵；六〇年代，日本各地紛紛出現了「爵士酒吧」，為日本爵士樂文化的形成與興盛奠定了基礎。說起爵士酒吧，村上當然是「逃」不了這一歷史，這樣說來，在七〇年代開辦同類型酒吧算是村上緊隨前輩足跡，感懷自我歲月的典型作為了。有趣的村上。

由於爵士酒吧及餐廳的大量開設，沒有消費高檔爵士唱片能力的一般樂迷也能得以近距離地聽到爵士樂，喝著咖啡，說著閒話，一旁有最新的爵士唱片播放，這樣的娛樂化生活即使放在現在也可算足夠的「文青」。當時的村上春樹根本不知「文青」為何物，但對爵士樂這種外國玩意肯定有所瞭解。什麼時候路過某家店鋪的時候，說不定常能聽見這樣的音樂，從此就在心裡留下了深刻的印象，喜歡爵士樂大概也是從那時開始的吧。

對於日本的爵士樂來說，五〇年代是起步階段，六〇年代是累積歲月，七〇年代是爆發時代，很多日後成就世界名聲的爵士樂大師都是在六〇年代出道，開始自己的爵士樂手生涯；除了上述的秋吉敏子和渡邊貞夫，還有日野皓正、山下洋輔、白木秀雄等，他們都有不太順利的人生經歷，但最終卻與爵士樂達成了人生的默契，不得不讓人感慨。這裡要特別提一下秋吉敏子——這個人的人生經歷遠要比電影精彩。

一九二九年出生於中國瀋陽的秋吉敏子，從小學習古典鋼琴，日本戰敗後回國，在一些非重要場合以鋼琴演奏者的身分參加各種活動，一九五六年遠赴美國爵士樂最高殿堂百克里音樂學院（Berklee College of Music）進修，或許秋吉敏子當時還不知道，自己是到百克里音樂學院進修的第一個日本人。到了七〇年代，秋吉敏子在美國與志同道合的朋友組成了爵士演奏團體，全美巡演，成為最受歡迎的組合之一。正是秋吉敏子在美國的努力，使她很快得到美國音樂界的肯定，也為後來眾多日本爵士樂大師打開了通向世界的大門。

秋吉敏子早期的爵士樂作品多為模仿爵士鋼琴大師巴德．鮑威爾（Bud Powell）之作，這也是五、六〇年代日本爵士樂手都走過的一條路；進入成熟期後，秋吉敏子開創了自己的風格，完成了日本化爵士樂的奠基工作。這就是一代爵士樂宗師秋吉敏子的故事。故事很短，人生很長，爵士樂起起伏伏幾十載，倒也演繹了很多妙趣橫生的各種故事。這樣的故事肯定會越來越多，一如村上收藏的爵士樂唱片的數量。六〇年代是村上們的爵士樂時代，是我們這代人的記憶盲點，但是靠著村上細緻入微的描述，我們依然能捕捉到那個時代的些許脈動，那個時代屬於爵士樂，屬於村上，現在的時代屬於我們；九〇年代的孩子們還在成長，八〇年代的已經踏入社會，也許什麼時候，他們會這樣稱呼我們：「嗨，你們這些大叔們，聽我說……」

對於日本爵士樂壇說，六〇年代已然成為某種可貴的黃金記憶，新世紀以來，那些過往的爵士樂天王雖然依舊是中流砥柱，但更多的爵士樂新手開始走向台前，似乎正在宣告新時代的到來。這也屬於正常，一如人體的新陳代謝，明年或是後年，誰會站在紫禁之巔？對不起，又說遠了。對於那些過去如雷貫耳的爵士樂大師，對於新近崛起的爵士樂新手，村上恐怕全都了然於心吧。日本式的爵士樂有它獨到的韻味，除了聽歐美爵士樂，對自己國家這兒的另一方風貌，作為爵士樂迷，村上大概也是不會錯過的。（錯過了只能算他倒楣）。

這裡推薦一下小林香織和小曾根真。生於一九八一年的小林香織，她的爵士薩克斯風融合了流行元素，呈現出時代性與潮流感的多樣風貌，讓聽者有如沐春風的暢快感；爵士鋼琴家小曾根真擅長在爵士樂中揉合古典，具有獨特的個人風格。當然以上都是個人建議，如果你選擇小野麗莎，那也是不錯的主意。

村上春樹與爵士樂

村上春樹是個貨真價實，令人崇敬的爵士樂發燒友，按他自己的說法，有段時間幾乎是把聽爵士樂當成了工作。經常在想，爵士樂對於村上究竟意味著什麼？對於爵士樂，村上為什麼會有那麼大的熱情？一些事情如果細究起來會發現裡面有很多有趣的細節讓你回味。村上是細節，他的小說是細節，也許，家裡的兩隻貓也是細節，在細節的堆砌下，爵士樂於村上，也就顯出溫文爾雅的少女面目；這當然不能概括爵士樂對於村上的全部意義，但是由此切入，似乎能窺探到細節之外的細節，那可能是一張爵士樂唱片的封套，也可能只是一小段即興演奏。

村上春樹對爵士樂的鍾情，可以說是後天培養的興趣，也可看成是與生俱來的某種情結。正如父母對孩子的溺愛，對於爵士樂這個玩意，村上也表現出與眾不同的溺愛情感。剛才說到「細節」，這是村上小說引人入勝的重要原因，村上小說中的細節不容忽視的一點也包括那些隱隱而現的音樂元素，其中更多的是爵士樂。作為「對話」的某種形式，寫作也好，音樂也罷，村上都信手拈來，絕不造作，卻能充滿意蘊，讓讀者在閱讀時充分感受那來自遙遠時光的美好記憶——不過，這已經超越了爵士樂的涵蓋範圍。這也是村上一貫的拿手絕活。

爵士樂是一種具有多重可能性的音樂，按照村上的說法，也就是具有可供想像的完美空間。對於爵士樂的定義，每個人都有自己的認識，比如我，更願意把它看成雨中釣魚的愜意心情，再說我那身材高大的朋友，則說它是求愛前的心情按摩師。說法都很有趣，每個人都很有趣。說村上是爵士樂的第一推銷大使則更顯露出一種調侃的智慧。村上肯定不願意跟遲鈍的人打交道。

看村上的文字就猶如在聆聽一首即興的爵士樂，村上的爵士樂心情多少有點感傷，總是一語道破人們內心深處的傷痛，爵士樂給了村上某種強大的力量，讓我們產生了共鳴，看到了孤獨。感傷是很私人的，爵士樂也是很私人的；村上春樹的爵士樂情結與人無關，但卻在悄無聲息中打動了我們。想像一下，這或許就是村上想要達到的最終效果吧。

透過爵士樂在村上筆下和內心的升騰起伏，身為讀者的我們看到了空虛與殘酷交織的世界，這個世界很實在，就像村上喜歡的那些爵士樂大師一樣，有著性感的額頭，倔強的嘴唇，龐雜的思緒和無名的憂傷。這樣說未免有些頹唐，但實際上，除了頹唐，村上還有明亮。村上曾說透過爵士樂，他要力圖「描寫青年人在精神失落後找回精神的種種努力」，這種努力，是如音樂般能給人以所有快樂和憂傷，是村上春樹獨特的爵士心情寫照。

一九九七年的《爵士群像》和二〇〇〇年的《爵士群像2》正是這種爵士心情的直觀延續，在這兩本具有傳記性質的插圖集中，村上向我們娓娓道來他對爵士的熱愛及自己獨特的理解，表露出一種與人傾訴，和人交流的溫柔面容。就是這兩本有關爵士樂的書，成了眾多村上迷的爵士入門手冊，也讓為數不少的爵士樂迷們戀上了村上的文字世界。村上就是這樣，他總是在這樣的時候毫無遮攔地露出自己孩童般的模樣。

一個人有獨特喜好沒什麼，但是能將自己的愛好提升為專業的探求，並尋求更為高度的詮釋，村上的這一行為不得不說已經超越了「玩玩而已」的範疇，村上說沉浸下去總有所得，這句話切中要害；雖然村上的一些話總顯得有些天馬行空，但是在某一結點總是自成系統地道出他的原委，這可能是音樂給予村上的啟迪，村上自有自己的個性，因為對於爵士出乎旁人的熱愛，才會有著屬於自己獨樹一幟的言談。這種「獨樹一幟」在小說中自然也是少不得，在被當做背景音樂使用的爵士樂的襯托下，村上用他行雲流水般的筆調深深地抓住了我們的心，伴著緩慢而憂傷的情緒，伴著淅淅瀝瀝的春天的小雨。每一次都很新鮮，因為每一次都是一場精神的意外。

「冬天，我在新宿一家小唱片行找了一份零工，報酬並不多，但工作輕鬆，一週值三個晚班即可，時間上正合適。而且還可以低價買唱片。」

「我放上唱片，第一張聽完後又放上第二張，全部聽完後，又重頭開始……最後是 Bill Evans 的〈Waltz for Debby〉。窗外雨下個不停，時間緩緩流逝，直子一個人絮絮不止……」

「Nat King Cole 唱的〈South Of The Border〉從遠處傳來，不用說，Nat King Cole 唱的是墨西哥，但當時我聽不明白，只是覺得國境之南這句話帶有某種神秘的韻味」

……

如我們看到的一樣，這些場景與情調迷離而又真實，如同薄霧中緩緩前行的白衣少女，不可得所以追尋，不在乎所以掛念。我想，唯有不真實才是真實的，一曲爵士樂過後，你會想到什麼呢？這個問題村上也在思考，思考的結果是流淌的文字，我們的結果在哪裡——想到一句話：「盡頭之後還是盡頭。」村上的爵士樂多少有些「無措感」；我喜歡這種「無措感」，就像村上喜歡借用爵士樂來實現自己的非現實性。

對很多人來說，爵士樂代表著一種若即若離、無法言說的情緒，對於村上來說，爵士樂就像《花樣年華》裡的那個洞，只要合適，就能藏住所有內心的聲音。村上是個不求大眾的作家，但絕對不是一個興味索然的人物，通過爵士樂的即興回想，村上找到了一條通道，我們則從中看到了無數個自己。世相是對照的，就像《挪威的森林》裡的渡邊和永澤，直子和綠。

在村上眼裡，鍾情爵士樂是一種生活態度的體現，是語言文字的延伸。就我看來，進入爵士樂的世界需要深厚的生活底蘊，村上瞭解生活，也懂得生活，六十多年的人世旅行也使村上成了如今的模樣，村上春樹是一座森林，爵士樂是裡面別有洞天的風景，有風景就少不得要訴說些什麼。

村上說爵士樂有打動人心的什麼——這個「什麼」是什麼呢？村上微微一笑，喝了點威士忌，我們微微點頭，仰首望天。我似乎漸漸有些明白。爵士樂是瞬間的悸動，推動情節，勾連情緒，產生共鳴，震盪心境，就像卡布奇諾咖啡，融合攪拌，直到敲開你的心門，灌入你的胃袋，奇妙的旅程由此拉開序幕。爵士樂於村上的意義也正是如此——所有的生活，零零碎碎都摻入了這搖搖晃晃的爵士樂。

從相通的理念來看，爵士樂的跳躍節奏成全了村上小說的語言韻律，爵士樂的情感表達方式也成為了村上的某種行文方法與特點，村上的一部部小說像是一首首爵士樂曲的詮釋，用強大的心靈撞擊，讓你窺視自己不甚瞭解的最深處的內心世界以及一切的不可預知性。村上說，如果我們的生活是威士忌，我說如果我們的生活是爵士樂。會是怎樣一番景象？著實令人期待。

《挪威的森林》中的音樂祕密

「挪威的森林」裡沒有森林，只有一個男孩和一個女孩，他們在戀愛，或者準備戀愛。女孩帶男孩參觀了自己的房間，男孩認為那就是美好的挪威森林……但是第二天，房間空空，伊人不見，那個曾經擁有的女孩，那個魂牽夢繞的女孩去了哪裡？在挪威的森林一樣冰冷的房間裡，一切轉瞬即逝。

這是一首來自英國利物浦的傳奇搖滾樂隊「Beatles」的經典名曲〈Norwegian wood〉，據說正版和盜版加在一起足可裝滿三個貨櫃，這還只是保守估計。在Beatles這首廣為人知的歌曲中，流淌著是冷冰冰的孤寂與孤獨，有一絲光亮，卻時滅時亮，有點手足無措的模樣。這六個英國男人或許想要告訴我們，一切都會消失。是的，一切都會消失，木月死了，直子死了，玲子走了，「我」在哪裡也不是的地方呼喚綠。Beatles的〈Norwegian wood〉與村上春樹的《挪威的森林》講著不同的故事，卻有著同樣的情感，正如凡人二重唱唱的那樣——「寧可忘了你的昨天，寧可心就此變老，寧可思念正在回憶裡苦苦求饒」。

從處女作開始，村上小說的深層意識就顯露出六〇年代的時代回音，作為「六〇年代的孩子」，村上春樹一如既往地在他的作品中透露出無法自拔的時代烙印，借用六〇年代流行音樂象徵的歌曲名字作為自己的小說名，說到底是將我們的觀感融入到那個時代特有的情緒當中，唯有如此，我們才能同步理解小說裡發生地一切。村上說這是與披頭四的和解。

不過更容易理解的是，其實，〈Norwegian wood〉只是為《挪威的森林》提供了一處青春吟唱的場所，至於吟唱結果如何，村上知道，我們也知道。作為引子，〈Norwegian wood〉是勝任愉快的，但是問題依舊存在：挪威的森林裡到底有什麼？是[38]「黃色潛水艇」、是「Here Comes The Sun」、是「Eleanor Rigby」、或是「Nowhere man」，還是「Yesterday」？雖然這些Beatles的歌曲像背景音樂一樣多次在《挪威的森林》出現，但是最為重要也最能承接人物心緒的我想還得算是[39]《Sgt. Pepper's Lonely Hearts Club Band》，這是Beatles堪稱經典的一張專輯，是與大型管弦樂隊的合作之作，主題曲〈Sgt. Pepper's Lonely Hearts Club Band〉的風格貫穿了整張專輯。

一九八六年十二月十一日，村上春樹在希臘開始寫他的《挪威的森林》，翌年春天，村上在義大利半島完成了小說的收尾工作，整個寫作過程都有「佩珀中士寂寞芳心樂團」作伴，和他一起度過了許許多多寂靜的黑夜和喧鬧的白天。村上在後記裡說他把這本小說獻給死去的朋友和活著的朋友，這些死去的和活著的朋友中斷然也是少不了Beatles那幾個英國青年吧。

還記得「挪」裡那個玲子嗎？這個有著許多故事的女人彈得一手超棒的吉他，她為直子彈過，為渡邊彈過，也為自己彈過，曲目繁多，有些在直子死前彈的水準一般，直子死後卻順手起來。照以往閱讀村上的經驗，這個細節或許也是村上的暗喻之筆吧。

玲子是個音樂才女，對很多流行樂曲瞭若指掌，吉他技術不賴，什麼酒都能喝，酒量也不錯，也抽菸，關鍵是和她相處，內心沒有負擔。她彈Beach Boys，彈「鮑比·狄倫」，彈「披頭四」的〈Michelle〉、〈Nowhere Man〉、〈Julia〉、〈Norwegian wood〉，中途也談自己的過去和現在，而未來，眾所周知，沒有人能確切說明自己的未來會是什麼。

38 黃色潛水艇（Yellow Submarine）：是披頭四的第十張錄音室專輯，另外也是一九六八年時以披頭四的歌曲為主題的一部動畫電影。〈Here Comes The Sun〉、〈Eleanor Rigby〉、〈Nowhere man〉、〈Yesterday〉等皆為披頭四的歌曲。

39 《Sgt. Pepper's Lonely Hearts Club Band》：披頭四於一九六七年發行的第八張專輯，中文翻譯做《佩珀中士寂寞芳心樂團》、《派伯軍曹的寂寞芳心俱樂部樂隊》或《胡椒士官之寂寞芳心軍樂團》。

彈累了，玲子會吹吹口哨，吹的是〈Proud Mary〉，說說笑話，這讓渡邊很開心，讓讀者很舒服。

「挪」裡的男主角邊與玲子也有得比，這個男人整體說來心思細密，但有時又有些舉棋不定，關鍵時候不能痛下決心，因此錯過了很多美好的事情；所謂「美好的事情」都與那些音樂融入了一體，讓人更加確信，人生就像音樂一樣起伏不定，高潮迭起，最後落於平靜。在直子二十歲生日時，渡邊放了幾張唱片，第一張是大名鼎鼎的《Sgt. Pepper's Lonely Hearts Club Band》，最後一張也是相當不俗的《Waltz for Debby》；渡邊也喜歡聽The Rolling Stones，也像玲子那樣彈The Drifters的〈Up on the Roof〉。

一大串的名字預示著一大串相互連接又相互斷裂的事件，當三十七歲的渡邊坐在波音747客機上聽到那一首熟悉的〈Norwegian wood〉，他會想到什麼呢？二十歲到三十七歲，他也許一直都在尋找森林裡面那個失落許久的東西，那個東西到底是什麼？為什麼會在「挪威的森林」？我們無從知曉，渡邊仍在尋覓，「即使在經歷過十八載滄桑的今天」——那裡有一口井，有直子的笑容，有時光的腳步，重要的是，渡邊記得，直子說：「希望你能記住我，記住我曾這樣存在過。」

這也許就是潛藏於「挪威的森林」裡的祕密，也許什麼都不是。一個男孩和一個女孩鑽進了森林，尋找回家的路，他們曾經擁有，他們如今陌路，因為第二天醒來什麼都沒有。Beatles彷彿在這樣說著，但是好像又什麼都沒有告訴我們。當年他們都還年輕，而直子死了，木月死了，很多人死了，「挪威的森林」裡的祕密也許到地球倒轉的那天都不會公開。我想到村上說過的一句話：「當我們學會用積極的心態去對待『放棄』時，我們將擁有『成長』這筆巨大的財富。」也許這才是村上藉由那麼多的音樂語言想要告訴我們的終極心得吧。

一九八〇年，披頭四的主唱、音樂家約翰．藍儂被槍殺，二〇〇一吉他手喬治．哈里森因病去世，貝司手史都特．沙克里夫早在一九六二年就因病離世，The Rolling Stones和Beach Boys那幫人也都不再年輕了，鮑比．狄倫也已屆古稀之年，村上春樹雖然總稱自己是六〇年代的孩子，但歲月不饒人，歲數委實不小了。

想起上個月外出辦事，回來坐的火車途中，有個背著灰色書包的女孩，看上去像是國中生。女孩兩隻耳朵塞著白色耳塞，手裡拎著同樣顏色的塑膠袋，隨著地鐵的開動，她輕輕哼起歌來，是外國歌曲，我沒聽過。我看著那個女孩有點恍神，突然被不知是誰的手機鈴聲拉回，鈴聲是艾薇兒的〈My Happy Ending〉，我看了一眼，那是一個有著高挑身材，穿著風衣的長髮女子。側臉有點像冰雕。

如果那個國中女生哼的是〈Norwegian wood〉，女子手機鈴聲是Beach Boys的某支歌曲，恰巧這時車廂內所有的手機都響起，是The Rolling Stones、The Doors或是Deep Purple，那場面一定壯觀。但是這一切不曾發生。或許這也屬於「挪威的森林」裡的某個小祕密。如果在美國的某個地鐵車廂發生這一幕，不知村上會做何感想。

《聽風的歌》的音樂種子

「聽風的歌」很容易讓人想起海潮、防波堤、或是夏日美好的夜景，身邊有一兩位朋友，喝著罐裝啤酒，說著過去的事。過去的事被村上視為貫穿整部小說的背景音樂，讓我們在不知不覺中就陷入作者精心安排的「圈套」中，圈套是鮑比・狄倫，圈套是不知名和知名的樂曲，比如[40]〈Average Person〉、〈Spirit In The Sky〉、〈Lonely Girl〉……還有很多很多的唱片，比如〈Nashville Skyline Rag〉，唱片封套一絲不苟，沒有灰塵，村上細心的保管著它們，就像每一個人都細心地保管著自己的過去。

這些小說中像孩子的面孔出現的音樂對村上來說意味著什麼呢？照多年前我一個朋友的說法：「找一條河流，在那裡留下自己的倒影。」這話說的雖然玄，但是如果與書中的音

40 這幾首分別是Paul McCartney、Elton John、Roy Orbison、Bob Dylan的歌曲。

樂對照，尤其是那首堅硬的鮑比．狄倫的〈隨風而逝〉，大致也能窺探出村上的用心良苦。人生沒有十全十美，那麼所有的一切也就無所謂圓滿，但是猶如「加利福尼亞少女」那般令人回味的春潮卻像幻燈片一樣時刻出現在我們的腦海。我們所期待的不就是這樣清新的生活韻味嗎？說到這裡，也許村上君將會心地從大洋彼岸探出頭來，張張嘴，對我們說書裡都是一些老音樂，現在的人恐怕都去追當紅歌星去了，沒人會聽什麼三、四十年前的歌。

這也是沒有辦法的事，就像〈Mickey Mouse Clubhouse Theme〉（米老鼠俱樂部之歌），就連村上有時也會記不起它的名字來，但是村上還是很鐵定的告訴我們，裡面的歌詞他還是能想的起來：

「我們大家喜歡的口令，MICKEYMOUSE。」

還有這樣一段：

「妙極了，這才叫音樂。布魯克．韋頓的〈雨夜喬治亞〉，涼快點了吧？對了，你猜今天最高氣溫是多少？三十七度，三十七度！就算夏天也熱過頭了，簡直是火爐！三十七度這個溫度嘛，說起來與其一個人老實呆著，還不如同女孩抱在一起涼快些。不相信？

OK，閒話少說，快放唱片好了。克里狄斯．克里維特．里本巴爾：〈雷雨初歇〉。來吧！」

在小說中，村上說：「過去我也是學生來著，六十年代，滿不錯的時代。」

這些恐怕都可以說是數一數二的六〇年代的流行樂曲了吧。借由這些我們熟悉和陌生的歌曲，村上筆下的人物的寂寞、孤單甚至是痛楚一一浮現出來，即便是作為某一種心情的寫照，〈Rainy night in Georgia〉、[41]〈California girls〉還是〈Lonely Girl〉都多少證明，村上春樹無疑是以懷念為主題，感懷他那個不會再來的年代。這是一件痛苦的事。無奈卻又必須正視，否則我們無法成長，村上也不能例外。

酒吧、小城、女孩，村上小說一貫的情節配件，由著緩緩轉動的黑膠唱片，我們聆聽到村上為我們設置的音樂天地，它們還包括 Miles Davis 的〈A gal in calico〉以及[42] Elvis Presley 的〈Good Luck Charm〉……村上無疑是在借著小說的載體，尋找自己手心的紋路，紋路裡有他不能忘懷的歲月，而我們這些村上的忠實讀者，則在他的紋路中看到了黑

41 此為Beach Boys的歌曲。
42 Elvis Presley：即貓王，美國二十世紀最受歡迎的音樂家，被譽稱為「搖滾樂之王」。

白的時代影像。

村上們一代的芳華似乎已經成為過眼雲煙，所謂的村上式的青春物語到如今也慢慢轉化為更深層次的精神思索，但村上的青春樂章依然存在。這些青春樂章就像是一面旗幟，使得村上的小說突顯出一種別具風格的奇特風貌，無論是爵士還是搖滾，是藍調式的憂鬱還是民謠式的抒情，以及同樣的迷惘和惆悵，都像迷人的煙霧一樣散落在小說的各個角落。這些都是青春不可或缺的因素。村上通過這些對音樂的敘述，來敘述我們已經失去或者即將失去的青春。

與 Beatles 一時瑜亮的 Beach Boys 在寫下〈California girls〉這一經典名作時，大概不會想到這首歌會被一個叫村上春樹的日本作家寫到小說裡，〈California girls〉是一首極具青春韻律的歌曲，現在想想，要是村上沒在自己的處女作裡引用這首歌，那也許才叫不可思議。Beach Boys 是美國迷幻搖滾鼻祖，有過無數首膾炙人口的暢銷歌曲，村上的收藏中也少不了他們。

〈California girls〉講述一個男人對於美好的加利福尼亞少女的想像，在領略過少女們的無限魅力後，他發出了感慨：假如出色的少女全都在加州的話……村上，或是說小說主角是否也遇到過加利福尼亞的少女？應該是有的，如果書中那個賣唱片的少女讓村上動心的話。然而那也只能算是不可得的夢想——令人懷念的時代。如果沒人附和，村上也會這麼說的。

還有鮑比．狄倫，這個男人已經被我多次提起，他對村上的影響想必如時間對女人的影響一樣深刻，〈Nashville Skyline Rag〉（納什維爾地平線）多少也有著這樣的含義，是什麼呢，比附什麼或許很難，但是找到一絲共通處，由此延伸，帶出一串令人矚目的故事想來對於村上並非難事。〈Nashville Skyline Rag〉是鮑比．狄倫的一張愉悅之作，說愉悅，是因為這張專輯沒有像以往的唱片一樣具有強烈的政治意味，沒有思考，沒有激進，只有簡單訴說的愛情，男人的唱腔也一改往日的尖刻，變成了鄉村歌曲般的淺唱低吟，既甜膩又動人，像是在對一個不大的孩子說著舊時的故事。就是這樣一改往日風格的唱片，卻陰差陽錯地成了狄倫有史以來賣得最好的一張唱片。

加利福尼亞的少女後來去了哪裡？鮑比．狄倫是否還能吟唱出那樣輕鬆愉快的歌曲來？村上是否還能遇上那個唱片行女孩？一切都是不可知的疑問，如同日復一日的潮起潮落。「我們便是這樣活著。」小說也好，音樂也好，男人女人也罷，都需要用某個對象來寄託自己的心情，村上也是如此。他說：

「〈California girls〉那張唱片，依然呆在我唱片架的盡頭。每當夏日來臨，我都抽出傾聽幾次。而後一面想加利福尼亞一面喝啤酒。唱片架旁邊是一張桌子，上方懸掛著乾得如木乃伊的草塊——從牛胃裡取出的草。死去的法文專業女孩的照片，在搬家中弄丟了。Beach Boys 時隔好久後推出了新唱片。假如出色的少女全都是加利福尼亞州的……」

那麼不妨再來聽一曲吧，如果你恰好有這張唱片，那麼掏出來放進收音機，你嘛，坐在沙發上，閉目凝聽——

Well east coast girls are hip
I really dig those styles they wear
And the southern girls with the way they talk
They knock me out when Im down there

The mid-west farmers daughters really make you feel alright
And the northern girls with the way they kiss
They keep their boyfriends warm at night

I wish they all could be california
I wish they all could be california
I wish they all could be california girls

村上文學中的音樂氣息

村上春樹愛好音樂，筆下的人物也是各種音樂的執著追求者，而那些充滿著各種美妙情調的酒吧、停車場、公寓和飲食餐廳都多多少少彌漫著揮之不去的音樂韻律，這種韻律讓閱讀村上小說的我們帶來愜意無比的享受，不僅是情緒上的，也是感官上的。你聽，街道的一旁傳來口哨聲，汽車音響也開著，流洩而出的是再熟悉不過的往日情懷，這便是一個時代的表徵，像太陽浮現在白色的地平線上。村上對於小說裡注入音樂元素的追求，如同《舞・舞・舞》裡羊男說的這句話：「在音樂聲響起之際，無論如何都要持續不斷的跳舞。能理解我所說的話嗎？不停地跳……」唯有不停的跳，你才能深刻領會音樂所要傳遞的某種意涵，說句活絡氣氛的話——沒有枯燥的人生際遇，也沒有平淡的象徵意涵。

當然，音樂的出現和人物的曲折變化是分不開的，說來，一篇流暢的小說就是一曲流暢的樂曲，這不僅是村上刻意為之的敘述策略，更是村上文學有別於他人文學的重要標誌

——潛流般的音樂氣息突顯了村上文學的多樣性，也是村上一貫具有的音樂氣質，當然，這個氣質早已遠遠超出了文學和音樂的範疇。假如你細心看過《尋羊冒險記》裡那個開著豪華轎車的司機在車裡播放的巴哈的無伴奏大提琴奏鳴曲，你就會明白，村上說的「隱喻」並不是瞎胡鬧或是隨口哄哄我們。

音樂作為村上切入人物行動的脈絡，賦予了各類人物足夠豐富的內外表情，這些表情生動地刻畫出登場人物的個性，不管這個人物最終是失戀還是死亡。音樂的曲調和名字無一例外都昭示著即將發生和已經發生的事情，但這並不是村上故弄玄虛的伎倆，而是我們一般人都能找到的「入口」。據說「入口」裡的風光引人入勝。對熟悉村上風格的人來說，單看這些音樂的名字和它們的歌詞就會產生一種發自內心的信任感和認同感，就好比村上描述的那個時代像微風一樣親切地吹拂著我們的臉。

於此同時，那個時代的風景、潮流以及氣味都會隨之變得清晰起來，城市的街景，孩子的面龐，戀人的吻別，甚或是牆上斑駁的痕跡都會一瞬間重現。如果這時候恰好從哪裡傳來時代的樂聲，作為旁觀者的我們可能也會把持不住而掩面哭泣，音樂的標題及其存在的意義對讀者來說，產生的是一種推波助瀾的作用，在村上所說的「專有名詞」，即音樂性的薰染下，我們便這樣掉進了村上的世界。音樂對於村上具有不可替代的啟發性，對於我們也是同樣。

[43]珍妮絲・賈普林、[44]約翰・藍儂、鮑比・狄倫、[45]馬文・蓋伊、貓王，這些人的名字所體現的不單單是音樂的無盡可能，其在村上小說裡最重要的威力還是在於他們時刻影響著小說的發展軌跡；我是說，是他們給予了村上在小說裡的無限可能，因為這樣更能體現時代特性和人物的迷惘，人們從中看到的不僅是暢快的文體，更有著對這些音樂的強烈嚮往，於是他們泡同樣類型的酒吧，聽同樣性質的歌曲，不過這些都是後話。

這是不經意流淌而出的音樂氣息，或說是音樂帶給小說的文體效果，村上自然是不會就此放過，在村上的故事中，他在音樂作為主導的文體變化中，也進一步鞏固了包含人物名字或地名等多重含義的「村上世界」，這是村上小說的經典模式，人們百看不厭，「村上世界」與「專有名詞」相互作用，彼此對照，讓村上的文學看上去多了一份持久的迷香，同時也一次次激發了讀者的閱讀慾望。

音樂融於情節，內容藏於風格，村上說語言就是一切，這所謂的「語言」一定也包含音樂吧，音樂也是語言的一種表現形式，如果在村上小說中看不到那些有趣的音樂，那麼閱讀的感受是無法想像的。美國音樂、英國音樂，潮流時尚還是古典韻味，村上都能拿捏準確。其實不是什麼人都能做得如此妥貼，從某種意義而言，就有趣的小說本身，村上本人更顯出無人能及的跳躍性，這種跳躍性讓人無法忘懷——有人想忘記，卻始終沒有做到，我想這裡面有[46]Morden Jazz Quartet、[47]Peter Paul and Mary、[48]Mantovani甚至是貝多芬、巴哈的功勞，向這些偉大的音樂家致敬。

如標題所示，這是一種村上式的音樂氣息，不是一天、兩天就能輕鬆擺弄的。經過時代的薰陶而逐漸成長為現今模樣的村上，與其說是在自己的天地裡闖出了名堂，不如說是在和整個時代一起作用下依託自己的力量前進。這絕對不是單純私人的演繹，村上的體驗也是同時代音樂家的體驗，於是，在相互作用下，古典、爵士、搖滾、民謠到流行歌曲紛紛登場，披頭四、海灘男孩、貓王、門戶樂團、深紫也和我們不期而遇。據說有人還專門

43 珍妮絲．賈普林（Janis Lyn Joplin）：美國音樂家、畫家和舞者。她被譽稱為「搖滾樂皇后」和「迷幻靈魂皇后」，名列《滾石》雜誌「史上百大音樂家」之中。

44 約翰．藍儂（John Winston Lennon）：英國音樂家、作家，積極參與和平運動，為披頭四成員之一。其傑出的音樂貢獻使其在一九六五年獲英國女王頒發大英帝國勳章；另外，亦名列《滾石》雜誌「不朽傳奇：史上最偉大的五十位音樂家」之中，而披頭四樂團本身則曾名列第一。

45 馬文．蓋伊（Marvin Gaye）：美國音樂家，其成就對許多靈魂樂歌手造成廣泛影響，曾名列《滾石》雜誌「史上百大歌手」的第六名。

46 Morden Jazz Quartet：現代爵士四重奏，簡稱M.J.Q，是爵士樂史上成軍時間最久的四重奏。

47 Peter Paul and Mary：簡稱PPM，美國六〇年代最成功的民歌三重唱組合。

48 Mantovani：義大利裔英國輕音樂大師，其所創立的曼托瓦尼樂團為三大輕音樂樂團之一。

統計過這些音樂家在村上小說裡出現的次數，用的是什麼音樂，情調又是如何，這對有志與村上的文學世界形成緊密關係的村上迷們有莫大的幫助，他們很開心，村上也會很開心。

村上文學的音樂氣息是與村上小說共生共長的大樹，它豐富了村上文學的精神蘊含，也拓寬了村上文學的天地。這個天地是私人的，因為他與村上的耕耘密不可分，這個天地也是開放的，因為我們能自由出入，一窺村上那個既現實又非現實的世界，為了這樣一個世界，村上駕輕就熟地選擇他認為適當的音樂為他的小說添加一個個讓人浮想不已的背景。在村上筆下音樂和文字從來都是合作愉快的，毫不造作，親切自然；也正因如此，有人這樣說：「讀村上的小說，彷彿在欣賞一部又一部情節相連的ＭＶ。」深有同感。

和神的孩子，鑽進村上的小說世界

遺落的青春：《聽風的歌》

當我拿起這本不厚也不薄的小說時，周圍的人總是會問：「你聽到了什麼？」這是一個讓我無數次為難的問題，我沒有說出他們想要的答案。所以自從多年以前這本書出現在我桌上以來，我一直在翻閱著，彷彿在翻閱自己的心門。也許村上一早告訴了我們答案：「不存在十全十美的文章，如同不存在徹頭徹尾的絕望。」這是本書的第一句話，似乎也預示著將要發生地一切。

按照一般的說法，這本小說的情景一點都不複雜，甚至有些簡單——「我」在酒吧喝酒，去廁所時見到一名少女醉倒在地，遂護送她回家，翌日少女發現自己一絲不掛，斥責「我」侮辱了她，「我」有口難辯。但幾天後，兩人逐漸親密……不料「我」寒假回來，少女已無處可尋，只好一個人坐在原來兩人坐過的地方惆悵地望著大海——小說就是在這樣的主題框架下開始了峰迴路轉般的敘事與抒情。

「我」和「老鼠」的過去，傑氏酒吧的前世今生，重要的是，那個被「我」護送過的女孩，在她身上究竟發生過什麼？一切都沒有起因，更沒有結果，也許「老鼠」有點眉目——他寫小說，與「我」不同的是，他的小說裡沒有性描述，也沒有人死去。但是更令我記憶深刻的是「我」的一句話：「對於死去的人，我覺得一般都可原諒。」第一次讀到這句話時，我沉默了很久，也許是想到了自己的一位朋友，誰沒個朋友。

整個故事延續了十八天，從一九七〇年八月八日開始，到同年的八月二十六日。十八天的時間幾乎就是生與死的輪迴，至少在「我」和「老鼠」的眼裡，世界就是如此。雖然篇幅短了點，但該談的問題一個也沒少，而且全都說得頭頭是道。原因作者說得很明白：「和宇宙的複雜性想比，我們這個世界不過如麻雀的腦髓而已。」

雖然作者借用的是自己的文學導師[49]戴立克·哈德費爾的話，但是在這本小說中，哈德費爾說的每一句話，做的每一件事都可以看成「我」的另類翻照。這是村上的聰明所在，因為就某種程度而言，哈德費爾的價值觀就是村上春樹的價值觀念。（不知「老鼠」會做何感想）

49 戴立克·哈德費爾：如今普遍認為，這位「文學導師」是村上自己杜撰出來的。

也許這就是村上杜撰這一虛構人物的初衷吧，村上將這個人物活生生地出現在我們面前，聽他說話，看他小說，比如《火星的井》，村上不惜篇幅地向我們介紹這個故事的梗概，當我們對這位影響村上寫作風格的作家投以敬佩之意的時候，村上毅然決然地讓這個「偉大的作家」從紐約的摩天大樓上一躍而下，成為經典。那是一個怎樣的季節呢？

我記得《聽風的歌》是發生在夏天的往事，這個往事裡多半是年輕的自然憂傷和「無與倫比」的分離。這是一本情節很弱，情緒很強的小說，對於我來說，是悄無聲息間就與當年的那個村上產生了共鳴。一種淡淡的感傷成了那年生活的組成元素，也許當初理解的還不是很充分，但多年後的現在重新審視，驀地發覺其實與之共鳴的其實是我們曾經都有過的青春迷失和生命的迷惘，只是村上用他獨特的語言和文體將我們無法表述的一切恰當地表述出來罷了。

我們當年想到過死，於是小說中出現這樣一段對話：

「人為什麼要死？」

「由於進化，個體無法承受進化的能量，因而必然換代。當然這只是一種說法。」

「現在仍在進化？」

「一點一點的。」

我們當年想到過離開，於是小說中出現這樣一段對話：

我歎口氣，鬆開領帶，把上衣扔到後排座位，點上支菸。

「那麼，總得有個去處吧？」

「動物園。」

「好啊。」我應道。

如果當年我們真去了動物園，跟兇猛動物和平相處也說不定。

較之「我」這個人物，堪稱話龍點睛的人物——「老鼠」更令我喜歡。「老鼠」的出現很大程度是為了與「我」相互做性格上和情節上的補充，一個冷靜淡漠，一個衝動憤慨。老鼠愛喝酒，言辭也頗為激烈，但是最後卻想做柔性的工作，寫小說。我想這是一個好主意，村上也曾琢磨過寫小說，最終寫出了《聽風的歌》，「老鼠」若是真動起筆來，會寫出什麼來呢——「或是為自己本身寫……或是為蟬寫。」有些激進的「老鼠」也有這樣感懷的時候，正如我多次提起的那樣，這大概就是揮之不去的時代影響。

「老鼠」是個言而有信的傢伙，說寫小說就寫小說。即使在自己跨入而立之年的時候，也不忘每年耶誕節給「我」寄來小說的複印本，「我」前後呼應似地說「他的小說始終沒有性描述，出場人物沒有一個死去」，村上不動聲色的反諷手法讓人不免一驚，是的，「老鼠」的小說沒有性的場景，但是現實世界卻每天都在發生這些兩性之間的遊戲，這是正常生活的正常點綴，也許彼此歡愉，也許彼此傷害；「老鼠」的小說也沒有人死去，但是現實中卻每天有人死去，有主動地和被動的死，這同樣是現實世界不可分割的一部分。

沒錯，被傷害的還在被繼續傷害，死去的再也不能重返人間，這是遺落青春的寫照，也是不忍看到的悲劇，但要發生地終將發生。不管你是從摩天大樓上跳落，是從失事的飛機上跳落，還是從水上慢慢地沉落，註定有些人要離開。誰都少不了要付出成長的代價，否則「人生就彷彿少了點什麼」。「我」明白這個道理，「老鼠」也明白這個道理——所謂成長的代價，就是不管你願不願意，都要丟掉一些從前的東西，記憶或是呼吸，唯有如此我們才能義無反顧的前行。這也正是「我」想說的：

「於是我一隻手拿尺，開始惶惶不安地張望周圍的世界。那年大概是甘迺迪總統慘死的那年，距今已有十五年之久。這十五年裡我的確扔掉了很多很多東西。就像發動機故障的飛機為減輕重量而甩掉貨物、甩掉座椅、最後連可憐的男乘務員也甩掉一樣。十五年裡我捨棄了一切，身上幾乎一無所有。」

且慢，那個與「我」發生過誤會，事後彼此互生愛慕之情的少了一隻手指的少女去了哪裡？

「那位左手只有四個手指的女孩，我再也未曾見過。冬天我回來時，她已辭去唱片行的工作，宿舍也退了，在人的洪流與時間的長河中消失得無影無蹤。等到夏天回去，我便經常走那條和她一起走過的路，坐在倉庫石階上一個人眼望大海。想哭的時候卻偏偏流不出眼淚，每每如此。」

原來如此，原來現在的相聚是為了以後的分離，而這個「分離」會在哪個角落等著我們，誰都不知道。也許《火星的井》會透露些什麼，讓我們細心瞧瞧，這個跳樓而亡的析構人物在虛構的小說裡說了什麼：

「你在井內穿行，時光已流逝了十五億年，正如你們諺語所說，光陰似箭啊。你所穿行的井是沿著時間的斜坡開鑿出來的。也就是說，我們是在時間之中彷徨，從宇宙誕生直到死亡的時間裡。所以我們無所謂生也無所謂死，只是風。」

說的似乎太過於抽象了，事實真的如他說說「無所謂生也無所謂死」嗎？為什麼我看到了「我」濕潤的雙眼？在放假歸來而女孩再也不復相見的那個時刻——「等到夏天回去，我便經常走那條和她一起走過的路，坐在倉庫石階上一個人眼望大海。想哭的時候卻偏偏流不出眼淚，每每如此。」

當我現在拿起這本不厚也不薄的小說時，周圍的人還是會問：「你聽到了什麼？」也許我可以認真得說上幾句心得，但是還是很猶豫，因為我總是懷疑自己「是否真的聽到了什麼」。如果你聽到了什麼，請一定要告訴我。

憂傷的記憶：《挪威的森林》

青春是易逝的，愛情是美好的，然而在轉瞬即逝的歲月中，那美好的愛情也變得那樣的脆弱和不堪一擊，因為渡邊早就知道：直子連愛都沒愛過我的。即便是過去了十八載的光陰，即便物是人非，即便「我」早已過了容易傷懷的年齡，但那種無力感卻依舊羈絆著「我」，讓「我」如今想起過往的那些事情都不免戚戚——即便是在看過無數遍的《挪威的森林》之後，主角渡邊的一句話依然讓我深受深刻——「是永遠不會忘。」我說，「對你我怎麼能忘呢！」

這不能不說是現實生活給予我們的殘酷，但我們又不得不接受這樣的殘酷，假如沒有經歷過殘酷的過程又如何能感受最終的美好——不過這似乎有點像是說大話，因為最終真的能美好嗎？就像在霧中迷航，又真的能穿過那層層的迷霧嗎？對於渡邊、直子他們而言，愛情究竟意味著什麼？這一切的答案也許在小說的名字裡就預示了——挪威的森林，那是一片大得容易讓人迷失的森林，運氣好的找到了「出口」，運氣差的只能在其間徘徊，進的來出不去的感覺，也許唯有渡邊才最能體會。也正如此，在他事隔十八年後的某日，坐在波音747客機上，聽到那一首老舊的歌曲時，才會不由自主地想起往昔的種種；這「往昔的種種」對於渡邊是一趟心靈的旅程，對於我們是一次映照青春的旅程。我們看到「草的芬芳、風的清爽、山的曲線、犬的吠聲……」景色還是那般美麗，但是不可挽回的卻是「我所把握的，不過是空不見人的背景而已」。

有人說渡邊只有肉體，沒有情感，對直子、對綠都是如此，甚至對於自己，也是一副冷冰冰的模樣；但我固執地認為，像渡邊這樣的青年，在面對好朋友木月的死去、直子無法癒合的心靈和肉體的創傷時，他做了自己所能做的一切，追根究柢，渡邊有點與眾不同，雖然外表冷漠，但是內心充滿著人所不知的熱情。這樣的人在我們身邊或許也能找出幾個來吧。

綠的出現給渡邊平淡甚至灰暗的生活帶來了一些光亮，兩人無所不談，即使在我們看來應屬私人話題的東西，綠也是毫不掩飾地跟渡邊一一道出。毫無疑問，綠的灑脫與直子的陰鬱形成了鮮明的對比，一個充滿青春的野性，一個落滿了時間的塵埃；一個讓渡邊的內心生了痛，一個讓渡邊的內心開了花。也許有人會說渡邊是個搖擺不定的人，但最後他似乎並沒有讓我們失望，在小說的最後，渡邊給綠打了電話，雖然「我在哪裡也不是的地方呼喚綠」，但是渡邊清楚自己必須把綠留在自己身邊，為了死去的直子他必須這麼做，為了活下來的人，他更應該這麼做。

與其說綠見證了渡邊和直子的愛情（或許根本算不上是愛情，即便是友情也值得懷疑，但那又如何），不如說綠已經成了渡邊與直子愛情的一部分，從這個方面來說，綠的存在是渡邊愛情的延續，唯有不斷的呼喚綠，渡邊才能找回已經逝去的時光，這個時光代表了沉重的歎息。

《挪威的森林》是一場關於記憶的旅途，在這個旅途中，有人看到愛，有人看到性，有人看到無止盡的憂傷，憂傷在所難免，我有時常常這樣安慰自己，或許這也是書中人安慰自己的方法。在這場記憶的旅途中，一些人和一些事交替上演，而渡邊深愛的兩個女人，不，也許她們本來就是一個人，註定會在渡邊的生活中留下無法磨滅的痕跡；通過這段流淌著憂傷的回憶，渡邊寄託了青春愛情的夢想，也保留住了自己再也回不去的青春以及不可複製的愛與憂傷。

愛與憂傷？是的，愛與憂傷，無論如何也揮之不去的愛與憂傷，因為這裡面有自殺離去的最好的朋友。對於渡邊來說，這無疑具有某種預言般的性質。木月和直子，都屬於早逝，都是自己主動結束了自己鮮活的生命，可能他們找到了最適合自己的解脫方式——「與其在這個世界承受生的痛苦，還不如在另一個世界裡尋找死的幸福。」說的不無道理，死和生，通過一個人的記憶，奇異地被連結起來；正如渡邊所領悟到的那樣：「死並非生的對立面，而作為生的一部分永存。」

這個地球上有與世界相處和睦的人，有關係緊張的人，有無處徘徊的人，也有四處逃避的人，村上帶著我們在木月、直子、玲子、綠、永澤、初美身上一一領略了這一世界的萬象，村上寫的是一部分人的生活，卻折射出了一代人的情感。村上讓我們成為理想主義者，卻又殘忍地讓我們看到幾近極端的世相。木月和直子到頭來都選擇了同一條道路，或許直子的心裡最愛的還是自己的初戀男友吧，對於這一點，渡邊也是心知肚明，雖然是在很久以後才隱隱發覺。

「在這個千瘡百孔的生者世界上，我對直子已盡了我所能盡的最大努力，並為了和直子共同走上新的人生之途而付出了心血。不過也沒關係，木月，還是把直子歸還給你吧，想必直子選擇的也是你。她在如同她內心世界一般昏黑的森林深處勒緊了自己的脖子。」

——她在她內心世界一般昏黑的森林深處勒緊了自己的脖子，這或許就是「挪威的森林」真正的意涵吧。那片森林雖然很大，也容易讓人迷失，但適合自己的那方天地卻怎麼也找不到。這也過於悲哀了，讓人心慌意亂，喘不過氣，當我們即將崩潰之際，綠適時地出現了，這個多少有些心事，但總的來說活潑開朗的少女讓我們覺得即使生活流淌著憂傷的記憶，也能按照自己的意願活下去；雖然難免無奈，難免痛苦，但那又如何，沒有人能隨隨便便生存下來。

「人生就是餅乾盒。」綠的這句話鮮明地表明了自己的人生態度，於是，我有點糾結的心也開始活絡起來。所以我常想，這世界總有一些意外發生，總在你不經意的時候出現什麼事情；渡邊遇上了，而且一經遇上便再也沒有離開過。「人生就是餅乾盒」的綠的人生哲學很容易讓人想起《阿甘正傳》裡關於「人生就像一盒巧克力」的著名比喻，綠大概也看過這部電影，除了成人電影，綠應該也不會拒絕藝術電影。綠的這句話道出了渡邊尚未明白的世界的真相，也讓我們這些讀者產生了好奇：如果我們遇到綠這樣的少女，會發生什麼事呢？

《挪威的森林》依然有著村上春樹的「私人性」意味，是「道道地地」的寫實主義作品。因為潛藏著私人性，我們更期待在其中發現村上的過去；因為是寫實主義，我們更樂於在生活中尋找書中的那些細節。話說回來，《挪威的森林》是村上的時代，如今是我們的時代，這個時代正以超快的速度向前推進，節奏跳躍，畫面凌亂，給人各式各樣的衝擊，老歌越來越少，新事物層出不窮，村上在「挪」裡展開屬於他自己的緬懷，而我們靠什麼？也許《聽風的歌》裡的一句話能當作答案：「一切都將一去杳然，任何人都無法將其捕獲。」

還是那句話，愛是刻骨銘心的，愛也是讓人迷惘的。可能是這個世界本身就不清晰，以致讓越來越多的人迷失了方向。村上說《挪威的森林》是一部輕鬆的戀愛小說，卻能讓少男少女流乾眼淚；我沒有流淚，但是我並不感到輕鬆，也許我們活得過於輕鬆了，才會被那樣的沉重擊中要害。那是憂傷記憶的力量，也是根植於死亡的一大主題，記憶與死亡，生活與現實，從小說的一開始延續到結束，也從直子和綠的一開始的延續到結束；而渡邊最終「歸於無寂」，站在哪裡也不是的某個地方，尋找自己的落腳處。很多年以後，伍佰寫了一首叫《挪威的森林》的歌，據說，這歌是獻給直子的，我想，除此之外，也和村上一樣，獻給許多的紀念日。

生命的寓言：《海邊的卡夫卡》

村上春樹在林少華版的《海邊的卡夫卡》中譯本序言裡說：「這部作品於二〇〇一年春動筆，二〇〇二年秋在日本刊行。」而我將這本像磚塊的小說毫不猶豫地收入囊中是幾年前的春天，那是一個令人懷念的春天，那年沒有沙塵暴，沒有感冒。《海邊的卡夫卡》一如既往地延續了村上的暢銷神話，出版短短幾個月就售出了五十萬冊，這個數字自從有了中譯本後，像滾雪球一樣擴大。我想，變成時代話題也是遲早的事，當時是這麼想的，現在這個想法已經成了事實。

人生的精彩就在於不斷有意外發生，看小說也不例外，以往村上的小說一晚就能看完，而《海邊的卡夫卡》卻用了三個晚上，這不是因為這部小說篇幅奇長，而是與以往的村上小說想比，增加了很多東西，就像村上說的「世間萬物無一不是隱喻」；不過村上似乎隱喻得過多了，小說本身的趣味性因此也減少了許多。村上春樹似乎想要在這種人生流轉的「隱喻」中捕捉到人間萬象，於是他創造了田村卡夫卡這個十五歲的少年，這個少年「很難說是一般的十五歲少年形象。儘管如此，我還是認為田村卡夫卡君的許多部分是我，又同時是你」。

照著村上的這個剖析至理般的說法，我們有理由將田村卡夫卡的故事看成我們自己的故事，既然世間萬物無一不是隱喻，那麼「海邊的卡夫卡」的希望與絕望也是我們這個藍色星球的希望與絕望，村上告訴我們：「田村卡夫卡君不過是以極端的形式將我們十五歲時實際體驗和經歷過的事情作為故事承攬下來。」

話既如此，那麼你我是否在田村卡夫卡身上發現些什麼呢？我們十五歲的實際體驗和經歷——或許連我們自己都忘得差不多了，但是村上還記得。他用小說的形式寫出了一個寓言。當然，寓言有大有小，有深有淺，村上的每部小說都埋藏著豐富的寓意，不過《海邊的卡夫卡》有些不同，它的「分量」更重些，不如這麼說，這是一部文學作品，更是哲學著作。

這部哲學著作被精心地分成了兩條線，這一點倒是很符合村上一貫的寫作手法，現實與非現實，此岸與彼岸，齊頭並進，似乎沒有交叉，但在某一點上卻出人意料的擦出火花，《海邊的卡夫卡》同樣如此。

第一條線，村上描寫了一個家住東京中野區的十五歲少年田村卡夫卡，在卡夫卡四歲時，母親離家出走，父親預言他將弒父、並與自己的母親發生性關係。也就是說田村卡夫卡必將背負[50]伊底帕斯的命運。為了逃避這個命運，田村卡夫卡離家出走，落腳於四國的甲村圖書館，館長佐伯是個五十歲的高雅女士，青梅竹馬的戀人在她二十歲時就死了，從此以後佐伯的心也死了。卡夫卡懷疑佐伯是自己的母親，這個懷疑到最後都沒解開。

第二條線，村上寫因兒時遭遇突發事件而變得弱智的老人中田離奇而又充滿悲傷的故事。中田因為幫人找丟失的貓，而被一個自稱「Johnnie Walker」的人叫去，此人說他要收集貓的靈魂做一支宇宙般大的笛子。受到強烈刺激的中田最後殺死了「Johnnie Walker」，開始了自己的逃亡生活……

也許故事只是故事，而所謂的真實有著永遠與故事不同的另一面。佐伯是否是田村卡夫卡的母親，中田與這個少年又存在著什麼聯繫，似乎並不重要，重要的是很多人死去了，自殺或是他殺，而田村卡夫卡最終實現了自己的願望，成為了世界上最頑強的十五歲少年。我

50 伊底帕斯：《伊底帕斯王》為希臘經典悲劇，內容描述伊底帕斯的父王因從神諭中得知伊底帕斯將來會「弒父娶母」，因此派人將其殺害，不料執行者卻反將稚兒轉送他國國王。成年後的伊底帕斯，從神諭中知道自己將來會「弒父娶母」，但由於不知自己被領養的身分，於是選擇遠離養父母，卻也因此陰錯陽差的殺了自己的生父，娶了自己的生母，並釀成往後的災禍。

知道他做到了，在與佐伯交合時就做到了，在強行進入姊姊的身體時就做到了，當然，這一切都是隱喻，都在哲學的意義上進行了闡述，即人能捕殺命運，也能被命運捕殺。

一個十五歲少年如果沒有離家出走，他的命運是否還能與成人世界聯繫在一起？這是個無需回答的問題，因為田村卡夫卡用他一次又一次的夢境回答了我們。他在那裡逃避傷害，但傷害還是倏忽而至，他希望得到幫助，有人拯救了他的靈魂。田村卡夫卡在現實與虛構中穿行著，但他終將要回到現實，即便這個現實在他看來既兇殘又溫和。按照村上在序言裡的說法，如果這也算是我們共有的某種人生，那麼田村卡夫卡用自己的行為替我們免除了更多的傷害，這一方面，這個十五歲的少年無疑是我們的救世主。

我不會忘記村上的這句話：「田村卡夫卡是我自身也是您自身。閱讀這個故事的時間裡，倘若您也能以這樣的眼睛觀看世界，作為將感到無比欣喜。」村上的話無疑為我們進入這個少年的夢的世界打開了一扇窗，不管是「入口的石頭」還是夢中的交合，是那邊的世界，還是此刻的自己，我們都能用自成一體的思維和眼光與田村卡夫卡一同經歷共有的世界的光怪陸離。「夢的世界」是這部豐厚的作品裡不可或缺的路燈般的存在，它為我們和卡夫卡搭建起了一座橋，將我們推向了想像之門，夢的世界讓我們變得清醒覺悟的同時，也讓《海邊的卡夫卡》變得神祕而深含規箴。

中田的故事和田村卡夫卡一樣充滿了玄機，但是他的故事更像是在想像之外，具有更強烈的比擬性。如果把中田的故事單獨摘出來，說是一部短篇科幻小說絲毫不為過，但是他的一言一行，一腳一眼卻讓我感到難以抹去的現實之傷。中田的不幸來自幾十年前的一次突然發生的事件，這讓他成了一個智障人士，但卻也讓他有了特殊的能力，他能讓東西隨意從天空中掉下來，也能與貓交談，中田雖然有著超能力，但他的生活一如往昔，沒有過分的企求，沒有難填的欲壑，「靠知事先生給的補助金生活」，平平淡淡地過著自己的日子，也許這樣過一生都沒問題，直到他遇到那個神祕的「貓殺手」。

「貓殺手」是卡夫卡的肉體之父，也是在心靈上力圖擺脫的精神陰影，一個不容錯過的細節是，當中田殺掉「貓殺手」的時候，卡夫卡也染上了血跡。在某個相近的時空，田村卡夫卡不可逃避地殺死了自己的父親，我想這個時候他也該超脫了吧，發生的業已發生，接下來就期待還有什麼可能發生吧——如果少年問我往後該怎麼辦，我一定這樣回答他。

不過這並非「隱喻」的全部，事實上，將小說寫成真正意義上的哲學著作將是作家的失敗，讀者可以講其看成是哲學著作，但若是作家也抱著這樣的念頭寫作將是一場災難的開始。正因如此，村上春樹在《海邊的卡夫卡》裡，像偵探小說一樣勾勒了一段段令人想一探究竟的離奇情節，善於設置各種橋段是村上的拿手好戲，天上掉魚，貓會說話以及中性人大島無不是此類傑作。但是，這本小說依然讓我的心感到很憋，村上把我拉進了小說裡，卻沒有告訴我該怎麼出來。這本小說很「重」，這個「重」不是指書本身的分量，而是「隱喻」背後的東西，宿命、出走、罪惡、野心、恐懼，還有很多很多，由於它們的存在，《海邊的卡夫卡》顯然有別於在人們腦海中的「村上小說讀來輕鬆愉快」的印象，就像前述，過多的「隱喻」讓這部小說的趣味性減少了許多。也許村上想要通過這本小說展開他的另一次「轉身」，一次充滿荊棘的轉型，很多人認為這次轉型是失敗的，因為他變得有些不像人們印象中的那個村上了。

不過我還是很敬佩村上的勇氣，到他那樣的文學地位，根本用不著做什麼改變，讀者和市場都早已接受了一切，銷量有保證，版稅也不賴，根本沒必要做這種吃力不討好的事情；但是村上還是做了，那姿態一如過去那般倔強和頑強，怪不得越來越多的人喜歡這樣稱呼村上：「了不起的村上」。

那麼田村卡夫卡君，你也該舒展一下自己緊皺的眉頭了，村上賦予了你他欣賞的作家的名字，對你他是厚愛的，這個世界對你也是厚愛的，雖然兩者的表現方式略有不同，但是作為十五歲的少年，你終究要成長，不管是按什麼方式，你也終究會死去，不管你是求仙還是煉丹。村上還在繼續前行，你可不能脫隊。

村上春樹與他的「羊」

「羊」說的是《尋羊冒險記》，這部小說是村上青春三部曲中的最後一部，也是其中篇幅最長的一部。所謂「青春三部曲」，村上迷當然是了然於心，但還是有必要介紹一下，一個是寫於一九七九年的《聽風的歌》，一個是寫於一九八〇年的《1973 年的彈珠玩具》，另一個自然是寫於一九八二年的「羊」了。說《尋羊冒險記》不如說成「村上的羊」來得順口。對貓感興趣的村上怎麼突然之間對「羊」感興趣了？或許這是一個無厘頭的問題，因為寫作本身跟對某類東西感不感興趣並不存在必然的關連，村上也不會無聊到閒暇時光跑到哪裡去看什麼羊。

在《聽風的歌》中，村上不僅探索了自己獨特的個人文體和敘述風格，也借此發表了自己的文學宣言，而在《1973 年的彈珠玩具》中，寫作手法日臻成熟的村上在文體和風格的探索上更進了一步，林少華的說法是這是一本過渡性的作品，由於已經在很大程度上確立了自己標誌性小說語言和風格，於是在「羊」中，村上向村上式的情節發起了衝擊，這個衝擊效果顯著，故事新穎特別，情節曲折動人，尤為重要的是，所謂什麼什麼的村上式由此也在讀者心中留下了永恆的印記。村上說：「在這部小說中，我的風格經歷了一次巨大改變——或者說兩大改變。句子更長了，更連貫了；與前兩本書相比，敘事成分發揮了更重要的作用。」說誰的小說像村上風格大概就是從這時開始的。

一直覺得從事文字工作是一件相當不輕鬆的活，腦力上不說，體力上也需要保持一定能量，哪天一不小心突然倒下，是會嚇死隔壁阿姨的。村上也經歷過這樣的日子，原先開酒吧，別人還在夢鄉，自己卻要早早起來打點，別人已經入睡，自己還需要送走最後一批客人，生活完全與普通人相反；村上早已意識到這種非常規的生活形態會毀了自己的寫作生涯，於是，他適時做出了調整，轉賣了酒吧，晚上一到自己設定的時間就準時睡覺，早上準時起來小跑，如此這般，增加了肺活量，活絡了身心，小說由此進展得出乎意料的順利，四個月的時間，與外界幾乎隔絕，精神高度集中的結果，終於誕生了「羊」。

既然是相互關聯的三部曲，在「風」和「彈」裡出現過的關鍵人物依然像常客一樣活躍在了「羊」裡面。比如「老鼠」，這位多少有點神龍見首不見尾的老兄一直充當「朋友」的角色，時而脾氣暴烈，時而溫文爾雅，有時還能來上極端輕鬆地話語，讓人忍俊不禁。

性格如何，際遇如何，都隨著村上小說的需要而發生改變，村上彷彿在說，小說就像人生一樣多變方才有趣。這話說的有道理，如果他真這樣說過。不過在「羊」當中，最讓人產生莫名興趣的還當屬那個有著摧枯拉朽般耳朵的女孩，這個女孩依我看來充滿了無限的趣味性，是村上筆下具有開創性的那號人物。

這個女孩二十一歲，身材苗條，耳朵完美，即是耳朵模特兒，又是一家出版社的校對，同時還是某俱樂部的應召女郎，看來身兼數職，生財有道。不過令村上為難的是，「至於三個之中哪個是她的本職，我不清楚，她也不清楚」。不過這樣也無妨，彼此覺得合適，即使弄不明白這個傢伙到底是幹什麼的也依然能和和氣氣的睡覺，和和氣氣的想往事，在纏綿過後，村上還不忘仔細觀察女孩的耳垂（如果是你，一覺醒來會觀察什麼？），要知道這個女孩有一套特別的本事，像露耳朵給人看的時候耳朵自然顯現，而要是想將其隱藏起來，即便是最親密的人也不能一睹其廬山真面目；這樣說來，村上還真是幸運，至少他看到了那雙耳朵，在和女孩睡覺的時候。在村上面前，這個女孩露出她可愛而真實的一面，因為對方得到了女孩的芳心。下面這段對話不只能作為有效的說明，即使作為吃飯前的開胃菜也頗為合適：

「和別的男人睡覺時不露耳朵？」一次我問她。

「那當然，」她說，「甚至都好像不知道我還有耳朵。」

「不露耳朵時的性交是怎麼一種感覺？」

「非常義務性的。就像嚼報紙似的什麼都感覺不出。不過也可以，盡義務也不算壞。」

「但露出耳朵時要厲害得多吧？」

「是啊。」

「那就露出來嘛，」我說，「沒什麼必要特意跟自己過不去嘛！」

作為「羊」的前奏，這段故事讓我們充滿了對以後將要發生的一切地期待，村上對此的感覺總是相當靈敏，他說「尋羊冒險記就這樣開始了」。即便「羊」的寫作計畫是沒有預設的，即使開始的一章村上主要是在信筆揮灑，對以後將會發生什麼毫無所知，但村上還是斬釘截鐵地告訴我們：「尋羊冒險記就這樣開始了。」對於駕馭一定篇幅的小說，村上完全具備了強而有力的信心，於是「羊」最終顯現出來的面貌也與村上其他小說不同，相比別的小說，「羊」的閱讀次數應該更多，配上「滾石」和「海灘男孩」滋味更妙。

這是村上在文體和語言風格的探索上取得的成就，在連續創作了《聽風的歌》和《1973

年的彈珠玩具》後，村上在創作上面臨了兩種選擇，一是繼續追求語言風格上的新、奇、特別，二是在情節上更趨向有趣，他最終選擇了後者，於是就如我方才提到的那樣，村上對情節發起了衝擊，收獲頗豐，不僅寫出了期待中的「羊」，還包括《舞．舞．舞》、《發條鳥年代記》和《海邊的卡夫卡》。「羊」的成功堅定了村上繼續朝新路線走下去的決心。一個作家在成名之後總是習慣於在一己之地束縛自己，很難做出超越自己的舉措，但是村上不同，他總是挑戰自己的固有寫法，沒有被自己限制住的老態和畏首畏尾，這一點對成名作家尤為難得。

「羊」在村上的字典裡代表什麼呢？當我第一眼瞄到這本書的書名時，我就有這個疑問。小說並沒有回答這個問題，因為小說不是解答的工具，而是表達的出口，但是，這樣的疑問每年都會在我心裡噗通噗通跳上幾次，以提醒我它的存在。「羊」不是孤立的，它有它的旅伴，也許是那個「羊男」，也許是那個羊博士，也可能是你我他。我的問題有點無厘頭，我的這番自問自答似乎也有點無厘頭，就當是背景音樂吧。「我對失去的東西懷有非常強烈的共鳴或者說同情感（Sympathy）……對於我，現實是湊合性而不是絕對性的……這大概最接近這樣一種感覺，即不存在的存在感和存在的不存在感。」作者的這段話也許對我或我們找出答案有所幫助，不過細細想來，村上的這段話如果加諸於人物本身似乎更為合適，「湊合性而非絕對性」、「不存在的存在感和存在的不存在感」，這說的不就是村上筆下的那些人物嗎？村上筆下的那些人物是特立獨行的一群人，擁有孤獨的內心和寧靜的悲哀，和人交往但又保持相對距離，有時讓人感覺崩潰，有時愛到骨子裡。但是我們知道，那些人終究要的是不悲傷的將來，他們一直在尋找自己的人生，他們之中的人也許過的還相當不錯。這是另一個世界的人生，也是屬於村上們的人生，他們內心平淡，但經歷跌宕，偶然間邂逅，也許會跟我們相視一笑，然後留下存在和不存在的身影。

《聽風的歌》被改編成了電影，一些中短篇也被陸續搬上了戲劇舞臺，我希望「羊」能以類似日本電影《追捕》那樣的面目出現，也許會出人意料，不過只有出人意料才更有看頭——無限的現實接近無限的精神，那隻有著漂亮星紋的被大家找來找去的羊是否也做如此想呢？不管羊怎麼想，下面的文字才是我們能夠尋找到的現實快意吧！

「傑還在剝馬鈴薯皮。一個打工的女孩一會兒給花瓶換水，一會兒擦桌子。從北海道返回故鄉，秋雨尚未逝去。從爵士酒吧望去，山上紅葉紅得正豔。我坐在準備營業前的櫃檯前喝啤酒。我用一隻手剝花生，那破裂聲很令人愜意。」

眾人的成長史：《國境之南．太陽之西》

按照村上春樹的創作年譜來看，這本小說出版於一九九二年，村上四十三歲。一九九二年，看上去有些遙遠，距離現在十七個年頭，那時候，很多人還只是頭腦簡單的學生，比如我。以個人經驗來看，小時候頭腦簡單，長大了未必普通，所以，當初的那些人如今全都西裝筆挺了，開起名貴的轎車，住進整潔的公寓，有幸福的家庭和可愛的孩子，工作順利，友情滿分，這是我們所期望的理想生活。村上在「國」裡為我們徹頭徹尾地實現了。

與村上以往的主角不同，這次的人物有名有姓，過著「正常生活」。在恰當的年紀結婚，還有兩個女兒，經營著兩家別具風味的酒吧，男人事業順利，女人美麗動人，而且還有岳父，這個通情達理的岳父在商業上頗有手腕，也為自己的女婿提供了盡可能多的幫助，看上去這是一幅十足溫馨的家庭景象。在這樣的一個故事架構上，我們似乎可以期待一個完滿的結局，大家舉杯共飲，生活愜意美妙，值得歌頌，但是，且慢，一切果真如此嗎？那個在小學時代一起結伴上學，一起聆聽51 Nat King Cole的〈South Of The Border〉（國境之南），一起互生愛意卻在上了初中後再也沒見過面的島本卻突然出現在「我」開設的酒吧，於是一切就都走向了另一面。

這大致就是「我」想要告訴讀者的他的大致人生。「我」有在別人眼中堪稱美滿的家庭和事業，但是對二十多年前的女孩念念不忘，在一次酒吧的相遇後，終於又再續前緣；多年未見，兩人敘談過往，感懷傷時，述說彼此的思念，雖然不能天天見面，但是對於「阿始」這個都會男子來說已經足夠，但是很不幸，這樣的日子並沒持續多久，島本最終還是消失了，再也沒有回來。

對於女人來說，這是個有點難受的故事，「國」有可能讓她們想起曾經深愛而無法共枕的男人；對於男人來說，「國」有可能給他們提供了一個異國男人的「羅曼史」，或許會蠢蠢欲動，也可能冷不防說上一句：「這種故事，愛來愛去，老掉牙了。」「國」的確是一個沒有太多波瀾，情節不算複雜，情調相對舒緩的小說，就像反覆出現，猶如主題曲的〈South Of The Border〉。「國境之南」有什麼呢？「我」和我們都不約而同發出了疑問。拋開老高爾的歌曲，也許那個關於「國境之南」的想像更值得我們去眺望，那該是一個擁有夢想的所在，也該是充滿回憶的場所。二十多年前的「初戀」在小說主角平淡無奇地坐在吧台邊啜著酒的時候恍然而至，淡淡地說了句「店不錯啊。」

總是在想，這個島本究竟是怎樣的一個女人，在她身上有許多謎團，不工作，卻穿戴不凡，沒有結婚卻有孩子，而且已經死掉，化成了骨灰，還有那個「年齡大概四十五六，身穿深灰色大衣，脖子上圍著克什米爾圍巾」的神祕男人；我想最後村上多少會交代幾句（哪怕一句），但他卻沒有，因為他同樣困惑，屬於男人的困惑。從困惑的角度而言，也許「島本」這個人本就不存在，不存在的「島本」只能成為一段美好的回憶，這樣說來，島本的最後消失，也只不過回到了她最初的原點。因為島本說：「知道你做得這麼出色，已經足夠了」，「我」也再度強調似地說：「那是永遠不可復得的寶貴時光，是任憑多少努力都無法挽回的時光，是只存在於當時當地的時光。」

順著這段話指引的方向，我們看到一個男孩和一個女孩彼此成長的軌跡，以為不再交叉時他們交叉了，以為可以得到想要的結果時，最後卻又再次分叉。「國境之南」的想像多少有點殘酷，因為它是由「記憶」這個脾氣不太好的傢伙組成的，誰也拿它沒辦法。記憶

51 Nat King Cole：納．金．高爾（或稱納金高），美國音樂家，出色的爵士鋼琴演奏家，同時也以柔和的男中音聞名於世。

裡有我們熟悉的東西，也有至今模糊的事物，於是，「太陽之西」不期而至，幫我們找到了另一條路，那條道路上寫著「誘惑」和「迷失」，國境之南是記憶，而太陽之西只有現實，因為想像過後，我們還得生活在這個實實在在的世界。「我」還要每天接送兩個女兒上下學，「我」還要繼續自己的事業，來了性慾，還得和妻子睡覺，而我們在面對這樣一本小說時，除了用心閱讀，還得用心思索。村上的小說讀一遍可不行。

身邊的人來了去，去了來，腳步匆忙，面色憔悴，每個人的城市生活都充滿了不可預知性，活著也許只是為了一日三餐，也許想找個好的歸宿，也許是在尋找自己的世外桃源，說不定有人還在找婚外情，當他翻開「國」時，可能會更加堅定自己的想法——婚外情是現代生活的重要一環。但事實上，「國」並非在宣揚什麼婚外情，我想，村上更多的是在尋找「過去」，因為這是屬於大眾的成長史，任何一個人都會與「那個人」失散，最終有找回的，有澈底消失的，這是一個無法填補的空洞，是無法挽回的記憶。換句話說，要填補成長的空洞是徒勞的，唯有不斷成長，才能更清晰的看到過去的自己。用一個村上迷的話來說就是：「我們的青春，回憶中的溫暖與不為人知，我們的那些花兒，它們原來都不曾逝去，它們一直都在那裡。」、「這是一個人成長的過程，一個人如何將自己的世界融入到整個現實的世界裡，如何讓自己的感情成熟或者根本就未成熟起來。雖然是以男性的口吻來敘述整個故事，但是對於我來說，很多地方感覺就是我在成長，比如泉的一部分，比如島本的一部分。」

愛與生的彷徨，過去與現時的交織，猶如城市的燈火，霓虹閃爍，卻依舊暗淡。無數次地翻看「國」，無數次地想起電影[52]《畢業生》，在某種程度上，這兩者的氣質是相通。就算這本小說的銷量在村上的小說中並不出色，但他的每一分文學午餐都令人回味無窮。《畢業生》也好，「國」也好，都適合在無人打擾的中午隨意看看，倒不一定要聽書中提到的那些人的歌，Nat King Cole、[53] Bing Crosby、[54] Rossini、[55] Talking Heads 諸如此類，離我們現在的時代多少都遙遠了些，就像村上的「國」出版的一九九二年。

52《畢業生》（The Graduate）：美國一九六七年的經典電影，曾被評選為「網路電影資料庫最佳兩百五十部電影」之一，也被美國電影學院選為「百年百部喜劇」、「百年百大電影」之一。劇情描述男主角和一對母女之間的三角不倫戀情。

53 Bing Crosby：平．克羅斯比，美國流行歌手、演員，有人認為他是史上最受歡迎、擁有最優秀人聲的歌手之一。第十七屆奧斯卡金像獎最佳男主角得主，一九六二年獲頒葛萊美獎終身成就獎，是第一個得到這個獎項殊榮的人。

54 Gioachino Antonio Rossini：羅西尼，義大利作曲家，創作歌劇、宗教音樂和室內樂。

55 Talking Heads：臉部特寫，美國新浪潮樂團，以前衛的實驗性與藝術性著稱，融合龐克、放克、流行音樂、世界音樂、前衛音樂、藝術搖滾等各種元素，促使後龐克演變為自成一格的新浪潮曲風，在八〇年代造成影響。二〇一一年入圍《滾石》雜誌的「百大偉大音樂家」。

我們也許更適合來聽別的，只要適合，怎麼都行，五月天的搖滾歌曲，周杰倫的 R&B 或是信的高亢嗓音，如果你不反對，阿美族的歌謠也不妨一聽。村上的小說給了我們無限的想像力，那麼將這想像力發揮到極致也是可以接受的吧。即便我們不瞭解爵士樂，對西方生活也一竅不通，就連對自己也常常一知半解，但是通過「想像」這一途徑，我們依然能讀懂村上，這個村上是你的，也是我的，村上是一部電影也是一片落葉，在他身邊走過的我們，時而痛苦，時而歡悅。懂得村上並不難，因為村上說：「一切都有通道，找到入口，然後進去，從出口那裡出來。」

寫完「國」的第二年，村上跑去美國的大學當了客座講師，生活並沒有超出想像的範圍，大多數人也按部就班地過著自己的生活，比小說精彩也可能比小說枯燥，有若干個地下情人，也可能至今單身。不管生活本身如何，我們依然在尋找屬於自己的「那個人」——只是那個小時候欠自己一塊錢的鄰居小孩，用村上自己的話講：「任何人在一生當中都在尋找一個寶貴的東西。但能夠找到的人並不多。即使幸運地找到了，實際上找到的東西在很多時候都已受到致命的損毀。儘管如此，我們仍然繼續尋找不止。因為若不這樣做，生之意義本身便不復存在。」

村上和我們一樣應該也在尋找著什麼，當然不會是欠自己一塊錢的小孩，他在尋找什麼？納金高在〈Pretend〉裡唱到：「Pretend you’re happy when you’re blue, It isn’t very hard to do」，在難過的時候裝做幸福，這一點都不難，只是痛苦容易幸福難，村上大概也在尋找全人類都渴望得到的真正的幸福吧。誰願意跟痛苦相擁而眠呢！

情有獨鍾的「彈珠」

一九八〇年，三十一歲的村上春樹寫下了自己的第二本小說，如果說第一本小說讓村上推開了半掩的心門，那麼在「彈珠」裡，這個模樣一般的男人則努力向我們敞開他全部的心扉。和他的處女作一樣，村上的這本小說依然充滿了新鮮感，新鮮感是因為涉足寫作不久的村上的青澀與靦腆。很容易讓未成年少女怦然心動。因為熟悉的面孔再次出現，「我」和「老鼠」，依然有各自的故事，依然調侃人生，依然「一去不復返」。假如換成別的敘述語，那麼無論是「我」還是「老鼠」，都可算是摩登少年，意識流人物，等等，也或許是宇宙的灰燼。（村上此刻從遙遠的彼岸敲敲我的腦袋說：「嘿，你這傢伙。」）

暫且收起得罪「我」和「老鼠」的話，說說彈珠玩具，說起這個玩意，當年也是風靡歐美和日本的遊戲，擺放在酒吧或大型遊樂廳裡，彈出一個球，擊中什麼便有相應的分數和獎品。相對於歐美那種純消遣型的彈珠遊戲，日本的小鋼珠更突顯出博奕的性質。說來這也是時代的產物，那時候，日本各類酒吧林立，經營者為了聚攏人氣，吸引更多的客人，往往在酒吧裡設置投幣式的點唱機和各種遊戲機台，彈珠台就是其中最重要的博弈遊戲，那種投幣式的點唱機在電影《戀戰沖繩》裡也出現過，很鮮明的七、八十年的韻味。

以前台灣也曾出現過不少的彈珠台和大型電玩，但隨著電腦的普及和其他娛樂方式的興盛，遊戲房逐漸趨於沒落，彈珠台從此離開了我們的生活。但是在其他國家，這種遊戲依然盛行，據說還有國際性的賽事，這讓我想到了一句話：「任何事物都會以它的方式存在下去。」此話一點也不假。

村上一九七三年的那個彈珠台也應該以它的方式存在著吧，否則「我」為什麼還要大費周章地去尋找，甚至虜獲了「我」的心。但允許我說句村上式的話：「萬事都有其終點」，「我」和彈珠的關係也是如此，「我」說：「任何人都得洗手上岸，別無他路。」在此之前，這個傢伙玩的是一種叫「太空船」的標準彈珠台，「老鼠」也不甘示弱似的瘋狂迷上了這種遊戲，那是一九七〇年，「正是我和老鼠在爵士酒吧大喝啤酒的時期。」

在這兩個男人對飲之際，兩個雙胞胎倏忽而至，雙胞胎睡在「我」的身旁，然而「我」對二人竟一無所知，為了不認錯，索性以她們穿的運動衫上的數字來命名，一個叫 208，一個叫 209，三個人便在一起生活，一起吃飯，一起逛草地，一起找高爾夫球，一起在高爾夫球場散步，當然，也無需隱瞞，也一起睡覺。這是全書一段極其趣味性的插曲，老實說，如果沒有這段插曲，「彈珠」會顯得過於平淡，甚至是平庸，但是有了這兩個雙胞胎，就像有了一種特殊的香料，讓整本小說頓時顯得生動起來。不過，我們也可將這段插曲看做村上式的敘述方式，誰知道他會怎麼做。這個作家總是有其出其不意的一手。

雙胞胎脾氣不錯，模樣可愛，而且善解人意，懂得照顧人，這麼好的女孩哪裡去找！作家是令人羨慕的，他們可以無數次合理地虛構自己的生活，即便是遇到九頭怪也沒人會說「腦子進水」，何況是這樣一對溫柔可愛的雙胞胎。大概村上愛上寫作也是因為這方面的原因吧——儘量讓自己的生活變得有趣。如果這個假設成立，那麼村上無疑是一個完美主義者，雖然村上不怎麼喜歡別人給自己貼什麼標籤之類的東西，但不管怎麼說，完美主義總比悲觀主義要來得舒服些。畢竟，像雙胞胎那樣莫名地出現在「我」家中，最後又莫名離開的人還是極少的，絕大多數人都要工作，賺錢，戀愛，結婚，最後老死，也許有幾樣自己心愛的玩具和遊戲，但那可能不是1973年的彈珠玩具，可能是1983年的七巧板。

假如讓你選擇，你會選擇什麼呢？七〇年代或者八〇年代都彷彿是近在眼前又遠在天邊的觸覺吧，大概你會這麼說，說的很抒情，就像村上的某段文字。村上在「彈珠」的開篇提到：「喜歡聽人講陌生的地方，近乎病態地喜歡。」村上式的人物終究逃不脫村上式的寂寥，不管是「彈珠」還是《黑夜之後》，就算是輕鬆類型的漫談和隨筆，這種寂寥也無法從村上式的文字中消失，就算將我們的語言調製成威士忌，最終結果還是如此。村上在1973年的彈珠玩具身上看了自己1969年的身影，身影在積滿灰塵的「彈珠」的身邊影影綽綽，像是在尋思該往哪裡去。

這是一段有點悲觀的調子，好吧，悲觀的儘管悲觀，完美的依然完美。不管你的交談對象是火星人還是金星人，最後都會像雙胞胎那樣回到自己的地方，出走、遠離，最終回到原點，「老鼠」是這樣，傑是這樣，「我」更是這樣。瘋狂熱愛「彈珠」的時代已經過去，現在是魔獸世界、LOL、絕對武力、神魔之塔這種網路遊戲的時代，世界每天都在變，男人和女人已經很難從外在上看出來了，對著你大叫的那個人不一定是恨你，而是愛的表現。捉摸不透的事情還有很多，但是村上依然固執地想念他那台1973年的彈珠玩具，他在八〇年代寫下七〇年代的故事，在九〇年代寫下八〇年代的故事，看上去村上這傢伙喜歡回首，也許是不能很好處理自己與當下的關係，作家不是上帝，上帝也有打盹的時候。

就在上帝打盹的時候，「老鼠」結束了與女人的關係，選擇了離開，「我」在與彈珠台做完最後的告別後也不可避免地陷入了徹底的寂寥，城市成了逃避的場所，雙胞胎成了溫馨的紐帶，而彈珠最終也只能充當記憶的聊天者，沒有曲折和懸念，只有一點不捨，尤其是在看到「我」和雙胞胎一起為配電盤舉行葬禮，那種觸動很難用言語來說明。

讀村上的書，可以讓我們經歷五味雜陳的人生，那裡有邊角的流浪，有沉靜的哀思，有驚詫的回眸，也有無助的眼神。一如村上在書中借[56]田納西．威廉斯之口說的那句話一樣：「關於過去和現在正如這般：關於未來則是『或許』。」村上引用這位美利堅男人的話別有一番深意，作為美國戲劇代表性人物，他寫下了《慾望街車》、《熱鐵皮屋頂上的貓》、《玻璃動物園》這樣偉大的作品。在美國戲劇界，這位老兄備受爭議，遭人嫉妒，受人指責，在一九八三年，原名湯瑪斯．拉尼爾．威廉斯的田納西．威廉斯吞食藥片導致窒息死亡。在他稱的那個「或許」的未來，他是否還在繼續自己生命如戲劇，戲劇如生命的人生，按照西方的說法，最恰當的回答當然是「上帝知道這一切」。

既然上帝知道一切，我們還有什麼可擔心的，老鼠一定能找到自己心愛的女人，而「我」最終也能找到自己的歸宿。彈珠台可以塵封，雙胞胎可以不問來自何處，但是腳下的路伸往何處一定要知道，迷路可不是鬧著玩的。村上沒有迷路，他獨自一人沿原路返回，回到家打開音樂聽《Rubber Soul》，煮咖啡，然後「一整天望著窗外飄逝的十一月的這個星期日，這個一切都清澄得近乎透明的靜靜的十一月的星期日。」

非主流的慾望意象：《舞・舞・舞》

深入村上的文學世界，需要將他的作品疊加起來一起看，因為在特定的某一點上，村上的所有作品都是相通的，這說的不僅是村上式的文學氣息，更是村上那種連貫的筆調——人物的勾連性和情節的依託性，或許在某一節點上你就會發生，在某本小說沒有展開的細節反倒成了另一本小說的中心，而這也恰好是村上文學的一大特點，即不完全孤立和不過於靠近，於文學於交流，村上一貫秉持這種人生態度。藉由這樣一種聯繫，我們既可以將《舞・舞・舞》看成是村上青春三部曲的延續，也可看成是另一場文學冒險的開始。

這場文學的冒險起始於一九八七年十二月十七日，止步於翌年的三月二十四日，靈感

56 田納西・威廉斯（Tennessee Williams）：美國二十世紀最重要的劇作家之一。一九四八年及一九五五年分別以《慾望街車》及《熱鐵皮屋頂上的貓》贏得普利茲戲劇獎；一九四五年以《玻璃動物園》拿下紐約戲劇評論獎；一九五二年以《玫瑰刺青》獲得東尼獎最佳戲劇的殊榮。

依然是某個老樂隊的老歌曲，名字叫《舞．舞．舞》，這個冒險承接了《尋羊冒險記》的故事，但是過程卻是全新的，一如方才所述，即不孤立也不靠近，也正如此，這個由海豚飯店開始的冒險故事更顯得撲朔迷離——一個接一個人死去，兩個被冠以「漁夫」和「文學」的員警突然造訪，在審訊室裡展開了別開生面的審訊，這段情節的描寫十足世界文學大家的風範，如果讓北野武拍成電影，一定同樣過癮。不過較之於這段有聲有色的情節，我更願意將兩隻視力不夠出眾的眼睛投射到「雪」這個角色中，在這個小女孩身上，我彷彿看到了一個久違的朋友，但可惜名字已經忘記了。不是風就是雨，但絕對不是叫什麼「雪」，「雪」這個名字粗看下去俗了一點，但細看這個女孩和「我」的對話，便油然覺得這個小孩心思不簡單，有自己的一套。於是在一個接一個人死去的情況下，我還能會心地笑出聲來，也許村上的目的就在於此吧，笑比哭好。

說起來，這本小說是村上第六部頗具規模的小說，人們對於村上文學的模式已經略知一二，但是這本小說依然取得了不俗的銷量，要說原因其實也不複雜——村上在情節上取得了勝利。對於既熟悉又陌生的小說，讀者總是習慣耐著性子讀下去，靠著這種鍾情的閱讀，我們能夠與老友相聚，又能與新人相遇，村上就是這樣一扇一扇地向我們打開了他的文學大門，一次比一次幅度大，一次比一次內容深邃，這是村上第六扇門的鑰匙，村上已經將鑰匙插進了鑰匙孔，我們上去把門推開即可。

「發達的資本主義社會」和「文化掃雪工」是村上在這本書中奉獻給我們的最好的精神食糧，不過將這兩樣看成生活目標或許更具有親和力，資本主義社會還是文化掃雪工據說都是一種自嘲的方式，作者用它們來揶揄自己，也揶揄這個社會，這個時代需要生存哲學，就像人們需要在高度發達的資本主義社會購買自己的需求，發洩自己的不滿，而文化掃雪工就像我們的化妝師，妝點我們認為可以示人的那副面目（其實我想說的是那副嘴臉），借由這樣的打扮，我們開著[57]瑪莎拉蒂，喝著高級的威士忌，還和高級應召女郎雲雨了一番，不，應該是好幾番，還和十三歲的小女孩大談人生道理，做人方法，還跟她解釋什麼是性慾，雖然年齡相差懸殊，但是溝通起來毫無障礙。

很多人都死了，五反田、May、奇奇……總之很多很多，但「我」還活得好好的，雪也安然無恙，「高度發達的資本主義社會」充滿各種惡毒的眼神，但是偶爾的溫馨場面也是有的，雖然雪從來沒睜眼瞧上我一眼。這也正是這樣的社會既讓人心生厭惡也無法脫離的原因。實際上更多的是我們無力去改變業已發生的一切，即便是「文化掃雪工」這樣對「我」

57 瑪莎拉蒂（Maserati）：知名義大利賽車與跑車品牌，曾是法拉利的一部分，現為飛雅特所有。

來說無聊透頂的工作，為了能讓自己按一般大眾希望的那樣生活，也必須硬著頭皮幹下去。人必須為自己找個藉口才能更好的生活下去，書中就有這麼一句類似藉口的話：「一般來說越是接觸事物的邊緣，其質的差別越是難以分辨。」這句話與其說是對「文化掃雪工」存在的意義做的解釋，不如看成人生的警言更為恰當，這也是在別的作家那裡無法得到的寶貴經驗。

村上讓我們明白，任何一個社會都存在無法改變的遊戲規則，我們要麼順走要麼逆行，結果如何只能自己負責。還好，我們還有自己的思考，還有說話寫字的權利，雖然跟文化掃雪工的本質沒有太多分別，但也因此有了這樣一個可能——也許明天會變得不一樣。

村上對此是有深刻體會的，作為資本主義社會的一員，村上對於自身所處的文化及其意識環境有著深刻的體會。事實上，村上既是「文學」的實踐者也是生活的「漁夫」，垂釣那些幾近被遺忘的往事，以新的面貌呈現在我們眼前，繼而化作眾人的生命經驗。所謂往事，即書中呈現的「掃雪工」的工作，其實就是採樣於一九八六年他與插畫家安西水丸合著《日出國的工場》的親身體驗。這或許不是村上真心喜歡的工作，但卻是「高度發達的資本主義社會」得以正常運轉的必不可少的一部分，村上無奈也好，歎息也罷，即使身處日本之外，也無法盡數拋開由此帶來的煩惱，唏噓之下，只能「舞」下去，一直「舞舞舞」，一旦停下來所有的努力都將失去意義。

這種「舞舞舞」的身體意識或精神行為並不侷限於這本小說中，實際上，縱觀村上的創作，我們能夠理出一條清晰的「舞舞舞」的脈絡來，這代表了村上的文學傾向，也是最容易接近村上文學的方式。每個人都在自己的人生舞臺「舞舞舞」，從出生第一聲啼哭到死前最後一聲呼喚，而且還要跳得令人刮目相看，心悅誠服，這是為人的一大功課，只要你沒有倒下就要永遠跳下去——這是村上第一次將作品放置於八〇年代的努力，日本經濟的最後繁榮在村上看來也許象徵著高度發達的資本主義社會的即將崩潰。即使崩潰，我們還得繼續舞下去，這個地球還在運轉，男男女女依然穿梭不停，村上著重於情節的跌宕起伏，卻最終描繪出了一張嚴肅的面孔。在這本小說中，村上為我們挖掘出了所謂發達社會的制度核心，即商品性和交換性，我們就生活於這樣的社會，不容我們停步留心的社會。

在這本小說中，村上變得不那麼可愛和中產意識了，但村上的情緒依舊，我們的閱讀感受依舊；一切的原因都是文本之中，手法一如當初。正如林少華說的：「文本的獨特性首先取決於語言的獨特性或不可複製性。」也正是這個原因，村上春樹虜獲了眾多的讀者，毫無疑問，村上的出現和暢銷使純文學之門得以向更多的年輕一輩開放，日本純文學的衰退也隨著村上春樹、片山恭一等一批優秀作家的湧現並占據暢銷書排行榜而逐漸有了回轉的跡象。雖然在日本國內，對於村上文學是否是純文學存在著較大的爭議，但不可否認，村上的努力讓更多不讀文學作品的人走進了書店，愛上了文學，有些人還說自己要成為村上那樣的作家。這都是文學重新走入人們生活的一大訊息。

純文學的界定在如今的網路世代變得越發模糊，猶如人類社會的多變與異化一樣，很多時候讓人摸不著頭緒。村上在自己的文學世界充當著自嘲般的「文學掃雪工」，而我們也在各自的位置充當自己的「掃雪工」，比如飲食掃雪工，比如機械掃雪工，高度發達的資本主義社會有其一套思維方式和行動準則，存於其中的人被緊緊包裹，處於其外的人也被深刻影響，村上的說法是我們在「這裡」，也在「那裡」，「羊男」說他的一切在「這裡」開始，在「這裡」結束，但是海豚飯店的 Yumiyoshi 小姐始終站在她的那個小小的場所和「我」纏綿，讓我疲憊的心得以鬆弛，這個 Yumiyoshi 小姐會不會成為村上下部小說的關鍵人物，不曉得，一切或許都是重複的迴圈，這不僅是修辭方法，也是我們最終的命運。

雨天炎天，遠眺旅行中的村上身影

太陽之西有什麼

從日本這個島國往西眺望，是廣袤的歐亞大陸，那裡有村上留下過探尋足跡的中國、蒙古、義大利、希臘、土耳其、德國、奧地利，地方絕對是好地方，風景絕對有好風景，帶著旅行的休閒與愜意，村上也許比任何時候都要放鬆愉悅；寫作終究是件費力的事，對媒體又無心理睬，寫作之餘，擴展視野也好，回顧現實也罷，旅行對於村上都是絕佳的選擇。村上旅行時不帶貓，只和妻子收拾幾樣隨身物品便動身，貓咪則交給了有交情的出版社編輯代為照顧，還答應寫部長篇小說以表感謝之意，這部小說就是後來創造暢銷奇蹟的《挪威的森林》。

任何事情一旦用心過度都不會順順利利，用無心插柳的心態去面對，反而能收獲意料之外的結果。村上的旅行便是這樣一種「悠然見南山」的自我放逐方式；「自我放逐」是一種凡事都能放下的自在心態，假如是背負著什麼沉重的包袱踏上歐亞大陸，那麼所見的風景也不會如預期的那般完美了，更不會寫出一篇篇活潑自然而又生動的旅行隨筆來。這也正是人們常說的「人在物中，心在池外」的境界吧，村上雖然不是佛教徒，但在某些方面，他也不自覺地表露出東方式的禪悟，這種禪悟對村上來說是窺視外界極佳的法寶。

鍾情村上的人之所以鍾情於他，也正是因為在他本人和文字上感受到了前所未有的清新海風般的吹拂，洗滌因世事的繁瑣而逐漸疲倦的心，村上的確有這種讓人頃刻間精神解脫的本事，這或許才是村上真正被我們認同，真正存在於我們身旁的根本原因，通過村上向我們展現的太陽之西的風景，這種確定更加牢不可破，事實上，與其說是村上有存在價值，不如說是我們找到了一個可供排遣的場所，這個場所在「雨天炎天」，在「邊境．近境」，村上的諸國之旅不僅讓我們看到了「日出國的工場」也讓我們聽到了「遠方的鼓聲」，通過一次次的跨國旅行，村上說：「靠自己活下去。」旅行是私人的事情，但是我們卻從中獲得了許多。

對村上來說，他的「邊境．近境」是什麼？是直子哭泣的背影還是「老鼠」憂鬱的眼神？或者更可能是村上最願意向我們訴說的過去的故事，是 1973 年的彈珠玩具，是壞了的配電盤，也是諸多形形色色的人。對於太陽之西的想像正是基於這些清晰的形象才展開的吧，但是身臨其境後卻發現自己尋找的依舊在太陽之西，只不過此時的太陽之西在更遙遠的地方——村上從中國大陸一直走向北歐，看到了自己一直想要的活生生的人生，村上達到了目的，結成了碩果。就此而言，村上不單是文學的旅者，更是人生的旅者。

一般人出國旅行，都會遍嘗當地的美味，常常不按牌理出牌的村上在這件事情上同樣很有個人特色，他說自己吃的一般都是普通的蔬菜，在日本如此，在國外也是一樣；村上堅定的遵守著自己的人生信條，那就是——不要過於自閉，但也不必為了討好別人勉強自己。相對於日本這個在村上口中被稱為「大家庭」的國家，村上更願意在旅途中尋找難得的自由，對村上春樹而言，與其說旅行是一件事，倒不如說那是一種擁抱自由的感覺。正是因著這樣一種感覺，村上筆下的小說也多少呈現出旅遊風景般的重重輪廓和影像，有邂逅，有離別，有溫暖，有冷漠，路上的風景是村上小說的風景，也是自言自語似的人生獨白，就是這樣的順暢心情，即便是有些孤單，有些不捨，人們也願意接受。所謂的人生獨白投影到文學創作，它的影響力將會更加持久和耐人尋味，事實上，村上的國外之旅也讓他跳離了日本，用一種更廣闊的觀察視角，以旁觀者的眼光更深入地審視這個東方島國，由此，也為他的文學創作注入了各種的「異化」元素，《挪威的森林》、《舞．舞．舞》等小說是如此，《邊境．近境》、《雨天炎天》和《遠方的鼓聲》這樣的旅行隨筆更是如此。

村上的遊記作品是村上個人精神探索的成果，裡面既有個人的奇妙經歷，也有大眾化的身心感受。在村上的遊記中，他依然著眼於人生的細節（這至關重要），讓我們在發現亞洲大陸的深沉的同時，也看到了歐洲諸國的人生百態。很多情節讓人為之動容，更有令人不免發噱的橋段，能將遊記寫成小說般的有趣，也算是村上「在路上」的心態體現。有人說小說是一種「人生的可能」，套用此話，遊記就是旅途的無限。旅人是個特殊的身分，既可以長期定居，也可以立刻走人，關鍵在於你自己的選擇。村上用外來者的冷峻眼神貼近了盡可能多的真實，而跳脫出這個「真實」後，他又看到了更多的「異化」，身為作家，「異化」的觀察結果也許更具有無法掩蓋的深意。從村上描述的異國細節切入，我們也不知不覺中隨著村上的腳步踏進了人與風景、人與人之間錯綜複雜又簡單明瞭的關係網絡中。換句話說，旅行的是村上本人，而受益的卻是我們。

是的，村上就是這樣讓我們看到了他的多元與立體，很難找出像村上這樣能帶給我們「共鳴感」的作家。旅行的感悟構築了村上堅定的人生意志，我是說，以旅人的身分參與生活，很多事情都顯現出與以往不同的景象，也許那個神祕的「羊男」，那個活潑的綠，還有那對特別的雙胞胎都來自這種景象，一切都在意料之中，一切又都在意料之外，一如村上看到的那樣，一個世界隱沒，另一個世界顯現，春去秋來，一切周而復始，人在旅途，一切都有無限可能。

村上這端的世界正在以前所未有的架勢發生著劇烈的變化，金融危機、政治衝突、軍事摩擦每天都在以各種面貌上演，而我們彼端的世界也依然充滿了異化的色彩；這不是一種文學的想像，事實上，它遠比現實更讓人驚訝，村上的旅途或許就是在尋找那令人驚訝的種種，對村上來說這是作家的職責，也是為人的樂趣。在村上式的自得其樂中，太陽之西的風景逐漸舒展，從我的願望中爬到我們的內心，大抵這就是旅人和遊客的不同。旅行與寫作並肩而行，真實與虛構互不衝突，這一邊與那一邊的世界並存交融，如村上小說中的「此端」與「彼端」一樣組成了村上獨特的人生鏡像，令人回味無窮。

從一九八三年三十四歲第一次赴義大利和希臘旅行到一九九九年五十歲到北歐諸國旅行，時光倏忽過去了將近十六年，從《聽風的歌》的創造到《黑夜之後》的凝重，村上的文學創作也已經走過三十年的關口，即將邁向四十年，按照日本人的習慣，十年便是一個人生門檻，對於文學的三十年，村上是否有著莫名的奇特之感呢？也許村上並不關注什麼三十年、四十年，有人說村上關注「寫」，而不關注「寫多久」，說的大概就是這個意思。旅行也好，寫作也好，都是接近自己的方式，這個方式對村上管用，對別人不得而知，每個人都有自己的「那一套」，作家村上只有一個，旅人作家也只有一個。也正是這樣的村上讓我慶幸自己沒有浪費寶貴的青春時光，能有一個讓自己沉下心思考點什麼的作家陪伴我度過高中、大學直至現在，委實是一種幸運，幸運還在延續。

從希臘到土耳其的人生漫步

一個寫過無數本暢銷書，有著別具一格人生態度的作家，會以怎樣的姿態放眼文學之外的事物？這個答案或許可以透過閱讀《雨天炎天》得到解答，但是也有這個可能：村上沒有在任何地方留下他真正的內心痕跡，這並不代表村上不誠實，要花招，而是指村上要表達的遠不止我們在書中看到的那些。旅行就是書外的一種書寫，這種旅行可以像書一樣被閱讀，也可能被肌膚所觸摸。從希臘到土耳其的人生漫步就是這樣一個書寫和觸摸的過程。

希臘和土耳其是很多人都嚮往的藍色國度，憧憬那裡的陽光和咖啡，還有古老的城市與街道。如果要打個比喻的話，希臘是抒情詩，土耳其是古典樂。村上向來喜歡打一些稀奇古怪但趣味綿長的比喻，在他的雙腳先後踏上這兩個國家後，也許會說出令我們平凡的耳朵為之一亮的比喻吧，如果旅行也是一種充滿寓意的生活，那麼我倒希望村上能一直這樣生活下去，這是他的幸福。

對於喜歡旅行的村上來說，希臘和土耳其是他去過次數最多，影響自己寫作最深刻的兩個國家，尤其是希臘，在希臘的旅行賦予了村上全新的創作理念，使他進入了一個有別於在日本和在別的國家的生活。這種生活是從《挪威的森林》開始的。一九八七年村上來到希臘的米克諾斯群島，原本抱著的是輕鬆散步的打算，結果天不從人願，竟趕上了希臘的雨季，無奈之下只能悶在房間裡寫作，寫的是《挪威的森林》，雖然收尾工作是在義大利的羅馬，但是就整體而言，身處希臘，為村上順利完成「挪」提供了無法替代的作用。這本書一經出版，即迅速在日本國內刮起了「村上旋風」，小說重印數次，人人都在討論村上，村上一時間成了全民作家。當村上回憶在希臘的那段日子，總是免不了會想起《挪威的森林》，這本書與希臘是密不可分的，套用村上的一句話：「這本小說受到了希臘的幫助。」

這是村上的幸運，不過希臘給予村上春樹的絕不僅僅是一本小說，事實上，這裡是他人生的重要轉捩點，他得以站在外國的土地上眺望太平洋上的祖國，使之更清晰地看到那個國家的核心，這讓他陷入深深的思考中；他開始更為關注人的精神本源的探討，並將其融入他後來的長篇巨著《發條鳥年代記》中。可以說，旅行不僅豐富了村上的身心，也豐富了村上小說的內涵。小說中的村上是姿態輕鬆、內心複雜的此中人，旅途中的村上是真真切切的彼岸行者。

我們或許可以談談那個幫助村上、替他的寫作帶來前所未有聲譽的希臘小島——米克諾斯，關於這個島有著很多美麗的傳說，一般旅遊指南這類的書都如此描寫米諾克斯的風光：這裡有美麗的白色石頭小路、迷人而充滿異國風情的風車、裝飾的窗櫺大門、獨具特色的寧靜店鋪，還有崇尚自然、和善可愛的居民。事實上是否如此，沒有去過不能妄下斷論，但想必村上是極喜歡那裡的，否則也不會選擇那個小島作為自己的落腳處。幸福的人看到陽光，悲傷的看到眼淚，村上除了在這個島上看到了直子和渡邊的最後結局外，是否還看到了羊男、老鼠、五反田的人生原貌？很多問題可以被解構，據說這是一種化解自我危機感的最好方法，村上沒有這麼做，他面對著連日的陰雨，面對著痛且快樂的筆下人物，讓他們相聚然後分離甚至死亡，大概希臘憂鬱的風情也感染了村上——當然這只是善意的臆想，人一旦臆想起來，很多事物便會變得更為有趣。

在「挪」成為暢銷書的第二年，即一九八八年，村上又去了趟希臘，這次國外之旅村上還帶上了攝影師松村映三，其實這次出國並不純粹是為了旅行，也兼有採訪的目的。結束希臘之旅後，村上和松村映三驅車進入了土耳其，用二十一天的時間沿國境線繞土耳其周遊，對於土耳其的印象可以用《雨天炎天》的「炎天」來說明。一九八七年的希臘小島陰雨綿綿，一九八八年的土耳其之行卻是日頭高照，對於旅人來說，這或許更充滿了刺激性，村上愛好馬拉松，旅行起來也帶有跑馬拉松的氣勢，一九八八年的旅行可以說是幾乎一口氣跑遍了西亞和西歐，這種充滿刺激的旅行使村上的旅行熱情空前澎湃，也讓他與希臘和土耳其建立起了密不可分的關係，這種關係可與他跟美國現代派作家的淵源相媲美。話雖如此，不過就我看來，村上在《雨天炎天》寫到的土耳其之旅，更像一場與情人的幽會，時而遠觀，時而近撫，觀察入微，卻也表現出不屑的神情，比如下面這段文字：

「離開伊斯坦堡後跨過博斯普魯斯海峽大橋，進入亞洲一側的土耳其。亞洲高速公路兩旁大煞風景的工業地帶持續了好一陣子。若想更加大煞風景，那麼最好沿這壯觀的高速公路筆直開往安卡拉。不過往左一拐，我們就到了黑海。黑海沿岸乃第二個土耳其。這裡的確美妙，幽靜、遊客少，風景也漂亮。只是，同愛琴海岸地帶相比，道路和旅館品質差得不可同日而語。雨多，空氣濕潤。」

大概村上是遇上了什麼不開心的事，語調之間總有一股想洩憤的味道，「若想更加大煞風景」這個句子將這種味道表現的淋漓盡致，但讓人不惱，反倒心情舒暢。氣從何來？大概是想拍照結果被土耳其無處不在的士兵阻止了，還被說了一番，這個可能性極大，也許哪位可以向村上求證一下，寫篇《村上春樹土耳其拍照受阻，日本外相約見土國大使》之類的文章，說不定能上個頭條。

村上終歸是村上，大抵不會為這樣的小事徒生怨氣，其實村上對於土耳其早就心神嚮往了，村上說：「我就對土耳其這個國家懷有強烈的興趣。原因我也不大清楚。吸引我的，我想大概是類似那裡的空氣的質那樣的東西。我覺得那裡的空氣含有不同於其他任何地方的某種特殊的質。」這種空氣對於村上的吸引遠遠要大於那些不開心的事，如果這些不開心的事真的發生過。村上會拿著一杯土耳其茶笑著說：「嗯，過去的事了。」事實上，他對這個國家充滿了無法言喻的好感——「這裡有獨特的空氣，有生存實感。人們有存在感，眼睛裡生龍活虎閃閃發光，在日本和歐美很難碰到這樣鮮猛生活的目光，那眼睛裡沒有囉囉嗦嗦的保留事項，沒有『不過』和『但是』，有的只是誠實和坦蕩。」

記得村上在《終於悲哀的外國語》中有句話是這麼說的：「無論置身何處，我們的某一部分都是異鄉人。」即使在自己熟悉的場所，身為異鄉客的心情依然占據了中心位置——以前是這麼理解的，如今也沒怎麼變，村上說出了我們共有的悲傷，那就是「我們哪裡也去不了，我們哪裡也回不去」，作為無國界的作家，村上的這種感受尤為強烈，他變換居所，流連各個國家，描寫詭譎奇異的小說情節，這是村上春樹排遣異鄉感觸的獨特方式。因為我們是異鄉客，所以哪裡都是我們的落腳處，比如賦予村上第一次寫作靈感的神宮球場，比如寫下「挪」的希臘小島，村上希望一切都能以一定的方式留存下來，事實上與異鄉感觸最終無法排遣一樣，這種美好的願望最終也只能是願望。所以，與其說是漫步，不如說是悲喜交加的人生旅途更為恰當，這沒什麼不好，更容易讓人看到在平順時無法看到的事物，最美的風景往往在暴風雨後，不知道村上是否這麼想，至少我是這麼認為的。

羅馬的足跡

說起羅馬，人們便會很自然地在腦海中浮現出「羅馬帝國」這個詞，那裡有巨大的競技場和雄偉的建築，有所向披靡的羅馬軍團，有眼神多情、儀態萬千的羅馬女人，她們做得一手好菜，其中也包括村上愛吃的義大利麵。不過村上對羅馬女人似乎沒有他對文學和旅行那樣的興趣，這個作家相當專一，喜歡貓從學生時代一直喜歡到現在，愛妻子從學生時代一直愛到現在，沒有中途退縮，沒有精神出軌。看起來一切都美妙得很，可為當代青年的榜樣。人們說村上是中產階級的代表，是文青的象徵，是城市流行文化的中心人物，這大概是看上了他身上存在的「懷舊性」吧，作息規律，沒有外遇，不抽菸，愛運動，即使在國外旅行也不忘將其完美地融入自己的文學生活，這樣的男人又如何不讓人心動！從這個意義上來說，羅馬之旅也可算是村上尋找令自己心動畫面的旅程。

每個人對於旅行都有不同的解讀，也會找出不同的理由說服自己去旅行，就像我們一天到晚尋找開心或不開心的理由一樣；當旅行成為一種特定的生活方式，那麼其對於我們的意義也就像那本小說一樣，一直「舞舞舞」下去，一個顯得被動，一個則具有強大的主動性。所有的標籤都具有說明性質，所有的舉動都是自我的延續——用這句話來看村上在羅馬郊區的身影會發現，在公寓裡做「挪」最後收尾工作的村上，有點像電影[58]《雨人》。在這場「雨水」和「人」的盛宴中，我們不僅能追憶千年的文明，追尋[59]奧黛麗·赫本的倩影，也能追尋村上春樹的羅馬足跡。不過說句玩笑話，這一切最好在[60]「羅馬帝國的瓦解」之前就全部完工，否則性命難保。

在羅馬，或說在整個義大利，村上充分感受到了邊旅行邊寫作的快慰，沒人打擾，陽光充足，居民熱情，重要的是自己和妻子在一起。在村上自己的「羅馬假期」中，村上寫小說，妻子或學義大利文、或是修剪花草，天黑以後，兩個人就去泡在酒吧裡，一些寫作的靈感或許就在這樣的氛圍中萌芽。村上不只一次地告訴我們——和一個志趣相投的人一

58《雨人》：美國經典電影，描述自私的查理在父親死後，才發現自己有一個患有自閉症的兄長雷蒙，而父親將所有財產都留給了哥哥。為了搶得財產，兄弟倆展開一場公路旅程。

59 奧黛麗·赫本（Audrey Hepburn）：英國知名演員，以高雅的氣質征服全世界的影迷，《羅馬假期》、《第凡內早餐》和《窈窕淑女》等至今仍是經典。被美國電影學會選為百年來最偉大的女演員第三名。

60〈羅馬帝國的瓦解〉：收錄於村上春樹的短篇小說集《麵包店再襲擊》

起旅行是多麼的重要——這樣的心情用一句話來形容最為貼切：在別人的世界演繹自己的無限。

在這種令人羨慕的情調牽引下，村上專心寫作，觀察體驗異國風情，在活潑而沒有羈絆的國度尋找失落的世界。[61]「一種既簡單，又新鮮，但擁有深度的溫暖，好像直接生根到大地裡的那種令人懷念的滋味。」（這不是每個人都心生嚮往的生活嗎？）作為旅居國外的首要根據地，羅馬一直處於村上活動的中心位置，但是只要遇到合適的地方，村上也會在那裡租個帶有廚房的房間生活上幾個月，所以村上在羅馬的足跡也可以算是他在歐洲大陸的足跡，從此端到彼端，然後又回到「此端」，不管任何時候，村上的這套迷人的手法也不會做太多改變。

日本作家似乎對旅行都有一種與生俱來的好感，而且旅行也往往與作家的創作生涯緊密相連，芥川龍之介因為旅行寫出了《中國遊記》，川端康成因為旅行寫出了《伊豆的舞孃》，村上春樹因為旅行寫出了《挪威的森林》，這樣的例子像春天的柳絮一樣多。日本人是個怪癖頗多的民族，日本作家也不能例外，有的令人生厭，有的是生活的點綴，不過對於村上來說已經完全成了生活的重要組成元素，只有將文學的村上和旅行的村上結合起來看才能勾勒出完整的村上形象。人一旦迷戀上一樣東西，就會產生極大的慾望，慾望有好有壞，使人年輕也讓人瘋狂，村上的慾望之果當然不是那種瘋狂行為，村上文學有時雖然很難理解，但是村上其人是一個相對單純的符號，無論是在愛琴海還是西西里島，誰看到這個單純的符號誰都會感到一陣輕鬆和愉悅。這讓我想起〈羅馬帝國的瓦解〉裡的一段內容：

我問她兩點三十六分時是否曾經打過電話給我。

「打了啊！」

她一邊在鍋子裡淘米，一邊說。

「我什麼也聽不見！」我說。

「嗯！是的，風太強了。」

她若無其事地說。

她若無其事地說。

當我想起這段內容的時候，我也會想到村上那張略顯憂鬱的臉，眾所周知，很多東西

61 摘自《遠方的鼓聲》。

都是相通的，猶如宇宙相通一樣，大概這也是村上寫下「羅馬」的際遇吧。如果出門遠行，這篇小說萬萬不能漏了，不是因為這篇小說寫到了什麼，而是因為這篇小說能讓你想到什麼。事情就是這麼簡單，就像村上在羅馬找適合的帶有廚房的公寓一樣簡單。（為什麼一定要找帶廚房的房子？）

一直覺得羅馬是個充滿意外的城市，奧黛麗·赫本是這樣，面對村上，羅馬的這一城市性格也不會有太多變化，於是，從村上第一天在這個城市住下開始，他就無可避免地參與了這個城市的「意外」中。由於郵局效率奇差，很多寄給村上的信遲遲無法按時準確送達，去詢問還遭遇了令人不爽的態度，坐火車又時常誤點，親眼目睹了各種犯罪，最為讓人生氣的是小偷猖獗，一次還搶走了自己太太裝滿各種證件的包包。但是話又說回來，這樣的人生經歷豈不是比一般人精彩得多？如果每個人都有飽滿的生活閱歷和積極的人生態度，那麼這個人無疑是令人羨慕的。村上旅行永遠都帶著他的筆，他生命中最重要的一切，我們是否也能像村上那樣遠離近在咫尺的喧囂，向自由的世界奔去？這是我們終其一生都在尋找的人生後花園。

村上和外界保持著一定的距離，卻又全身心地喜歡和外界接觸，用旅行的方式。也許人本身就是矛盾的，要想逃離喧鬧場所，又想在這個場所獲得啟發，村上不是神，但他找到了自己的「出口」，這就是被人反復敘述到的文學世界。他在羅馬寫小說，跑步，喝咖啡，發呆，搞翻譯，毫不懈怠地過著自己的文學生活，他自己說：「我在這裡的期間，做完了好幾樣翻譯工作，長篇小說《舞．舞．舞》也寫完了。我覺得工作方面都順利地完成了。四十歲當前，我覺得我的工作完成得總算令人滿意。」字裡行間中無不流露著這個作家的愉悅心情。這是作家這個職業賦予村上的力量，借著不停的遠行，這種力量不斷擴大，成為村上式的人生經驗。我們從中或許可以學到些什麼，比如發呆，如果你喜歡發呆的話。

很少有像村上這樣將文學和旅行結合的這麼完美的作家，但是讓人心有不甘的是，每個人的年紀都在增長，村上春樹的時光也在一天天流逝。所以，抓緊時間旅行，抓緊時間寫作吧，村上君，有遠方的鼓聲作伴，你還猶豫什麼呢？

和海邊的卡夫卡戲水

——村上現象

文化消費中的「村上」

村上春樹，從他發表第一部小說《聽風的歌》後就已然成為了輿論的中心點，而其在小說中突顯的林林總總的流行元素，抑或人物與世界、與周圍人們保持距離的某種乖離性，都準確而又深刻地擊中了現代人的閱讀心理，村上也因此成為了文化消費的代言人與中心人物，這種持續膨脹的狀態由其在母國的暢銷，轉而延燒到海外的華語市場。這些讀者大多都是衝著村上文學的「都會性」而來的，那裡有他們夢寐以求的生活樣貌，是他們心中的願景；而另有一批被稱為「文青」的人們，他們隨著社會物質的高度發展轉而追求一種精神式的精神圖章，村上及其文學的出現，其「想像」與「現實」的對立與結合，恰好契合了他們的心理訴求。

村上更接近他們對世界的想像，那裡有溫文爾雅的女士，有風度翩翩的男子，有跑車，有香檳威士忌，還有爵士，這些在現實生活中難以實現的生活風貌將他們深深吸引，於是很快地便成為村上文化的消費者。不管是虛榮心也好，追求另類的精神世界也罷，這些人都發出由衷地感歎——這樣的生活真是美妙！村上的形象也就在這樣的美好想像中紮根於讀者心中，儼然成了文學閱讀的不二之選。人們開口閉口說的都是「村上」，也許沒有哪個當代作家能有這樣的地位，村上似乎不是什麼高不可攀的文化名人，而是我們身邊隨處可見的寫得一手好文章的同輩。這種村上形象的無距離感和親切感，也是村上文學得以暢銷的重要所在。

就村上文學的暢銷來說，並非日本和台灣的獨有現象，在中國大陸一地也是廣受歡迎，一如簡體版的翻譯者林少華說的：少男少女對村上小說愛不釋手，有的讀了不下幾十遍，嘴裡說的都是村上式的臺詞，較長的段落都能倒背如流，甚至在作文時還故意模仿村上文體，有的還專門收集村上在小說中提到的外國歌手的唱片——當然，那已經不是「我的村上」所能涵蓋的文學消費現象，大概只能用「很村上」這個字眼來形容此一現象了。

事實上，村上在各個國家被廣泛接受並成為話題，與翻譯家的努力密不可分。眾所周知，在台灣，說到村上春樹就會想到翻譯者賴明珠，她從最早的《1973 年的彈珠玩具》和《遇見 100% 的女孩》開始便戮力引介並推廣村上的作品，她的翻譯風格口語而不過度修飾，盡量忠於日文原本，保留了大量的日文語助詞，在所有翻譯作品中獨樹一格。

在中國大陸地區，所謂「林家鋪子」林少華是當仁不讓的村上「御用」翻譯，從一九八九年翻譯《挪威的森林》以來，「林少華」這三個字已經與「村上春樹」成了共同體，也成了某種文學品質的保證。不過由於他的翻譯文風精鍊而類似散文，重語意而不重語感，和日文近代文學的口語用法多少有些出入，在一些細節的處理上以及專有名詞的翻譯上更偶爾會犯一些低級錯誤；但不可否認，在大陸地區，林少華的翻譯已經用二十多年的時光證明了他的絕對地位。

有趣的是，村上的翻譯作品在進入中國出版市場時曾出現過離奇的轉折，在最早的灕江出版社版的「挪」的封面設計上，為了迎合大眾口味，特意將其包裝成一本「言情小說」，並按市場需求在每一章上加上了更接近於九〇年代都會小說的標題——日本美人後背圖，和服下裸露出大半個雪白的上身——吸引讀者側目，而書上的宣傳文案諸如：「百分之百的純情，百分之百的坦率，令少男少女傾倒，令癡心讀者沉醉」以及「發生了性關係」等等，明顯都是在迎合當時的市場胃口。也因此，在這波宣傳影響下，早期的村上作品在大陸民眾腦中的印象是資產主義代言人，甚至是情愛高手的通俗小說家。直到上海譯文出版社接棒村上文學，這一印象才又被導正為「文學」風貌。這個略顯「無厘頭」的轉折，雖然讓村上在大陸的上場中曾喪失了部分的文學核心，但「什麼時候燒什麼香」，或許就是透過這樣的行銷過程，才能讓村上成功的打入大陸廣大的市場。

「村上」不僅僅是一種閱讀和欣賞的姿態，從心理接受的角度來說，也是對某種價值觀的認同。前番說過，村上小說中那種人物與人物，人物與世界適可而止的交往和永不停止的孤獨宿命是村上小說的接受者最為心儀的精神表述，這是與人們平素接觸的社會全然不同的另一種生活樣式，完全契合村上說的：「對任何事物的想像都源於人們無法得到的悲哀。」實際上，村上影響的不僅是我們這一群普通的讀者，也影響著文壇上日益放出光芒的新作家，比如片山恭一、[62]吉本芭娜娜以及甚至包含華語世界的作家，在這些作家的筆下，我們能明顯感受到孤獨寂寥的生命情緒，無法排遣的都會失落感，以及若隱若現的詩意的哀傷，而這一切都是用一種富有智慧，也不失調侃的語言來表達的，與村上文學有某種共通之處。一如安妮寶貝所言：「他總是在深夜，獨自開車去大海邊，在那裡抽一支菸，然後沉默地離開。在海邊，他坐在倉庫石階上一個人望著大海……他是那樣瑣碎而傷感，一本正經地告訴你如何做出一個美味的三明治，可是在難過的時候卻一滴淚也掉不下來……」

62 吉本芭娜娜：本名吉本真秀子，日本當代小說家。以代表作《廚房》轟動日本社會，先後獲得海燕新人文學獎、泉鏡花獎、藝術選獎等。在日本被稱為「治癒系作家」。

新近作家和忠實粉絲構成了村上後援團的奇妙樣貌，他們當中有不少是社會精英，具有非凡的開創性和可以美好的前途。當然，現在來討論這些人的生活趣味似乎有些落伍，倒退十年或許更加合適，但也正是這群人組成了村上文學的消費主體，是這些人在推動著村上文學在國外市場的落地生根；在他們的影響下，更多的年輕一輩和社會青年臨摹著跟隨村上，村上小說亮眼的銷售數字與這種景象緊密相連。

這就是我們必須正視的文化消費領域中的消費心態，這種心態與銷量和大眾需求始終保持一致，也是社會文化潮流的風向球。當然文學價值與銷量並沒有必然聯繫，但對於讀者來說，村上的流行實則就是呼應自身需求的必然結果；村上不僅是銷量的保證，也是與讀者形成消費合力的必須，這一點從以往小說封面的色彩各異到如今充滿素雅風格可見一斑。

進入新世紀以來，隨著村上新小說和遊記翻譯本的陸續出版，「村上熱」越演越烈，這是與九〇年代中期到本世紀初的村上熱一脈相承但內容又不盡相同的「追村現象」。原因很簡單，時代不同，人們的表現形式也不同，人們還是談論村上的興趣和文學，以及與村上有關的話題，但更多的是把村上式的生活融入自己的日常體驗，也就是說，在關注村上現象的表象之餘，更注重營造村上式的生活情趣和處世哲學，而這一點才是最為重要的。

閱讀村上其實是在閱讀自己人生的「無限」，我喜歡用「無限」這個詞來形容村上文學的廣度和人們對其的推崇，這是作家的榮幸，也是讀者的好意。看一個有趣作家的有趣文字要比整天為悲情韓劇擦鼻涕抹眼淚更有益身心健康。所謂有趣，是村上映照出了與現實生活截然不同的荒誕乖離的一面，他筆下所呈現出來的日常光景，以及從這些日常中體會而得的人生態度，加上一點點玩世不恭，這就是村上的有趣之處，同時也是給予深處紛繁塵世的我們的心靈饋贈。正是基於這樣的原因，所謂「我的村上」不僅體現出內心情感的訴求，也折射出令人嘆服的文化現象，是文化消費中不可迴避的真實存在。

穿上隱身衣的村上春樹

這個題目可能有點誇張不實的意味，事實上，如媒體和大眾看到的那樣，村上既不是神仙，也不是外星生物，有賢慧的妻子，有可愛的貓咪，寫小說，愛旅遊，偶爾發點小脾氣——透過小說。而即便村上有隱身衣，他也不會用它來與這個世界澈底隔離。但是也許我們可以換個角度來想想這個「隱身衣」對於村上和我們的意義。

這個角度以我之見，可以從村上的生活形態和小說的敘述方式來看，當我把這個想法說給我周圍的朋友聽之後，他們這麼對我說：「大致情形跟皮影戲差不多。」雖然是句玩笑話，但還是有道理，皮影戲利用光影效果，隔著一道白色布幕向觀眾展示故事，這也是村上一向習慣的寫作方式，不過對於喜歡村上的人來說，這其實是粉絲們最感興趣的，村上的「匿名性」與「距離感」——這是討論村上現象時被人談論到最多的話題。劃定自己的立足點，與社會和人們保持友好，但對此並不過分依賴，如果這是村上生活型態的基本樣貌，那麼在小說中，這也成為人物與情節發展的基本模式。不冷不熱，不遠不近，人生就在這樣的二元對立中得以慢慢成長。所謂「隱身衣」的意思大抵說的就是這個樣子。

村上春樹一洗日本作家的黏糊感和私小說的貼身感，創造出獨樹一幟的、具有時代風貌的村上形式小說，繼而影響了一批年輕作家的創作風格，使得文學的影響一再衝破所謂的文學圈子，向更為廣泛的讀者群發出振聾發聵的文學強音。某種意義上來說，村上帶動了日本文學向海外市場的傳播，這是一種帶有「因果」關係的現象，是作家在非文學層面吸引讀者的開始——因為村上保持的巧妙距離，讓讀者更想知道作家的點點滴滴，因為村上小說具有更為細緻的生活氣息，讀者更想探求其中的祕密——有的人甚至說，這是作家討好讀者必有的寫作路徑，是謀求更大發言空間的手段。學究的話說多了容易感冒，於是，我更願意說這是讀者給自己的理由，這種理由不僅能帶來閱讀快感，也能讓自己堅定地走下去；而這種做法也不曾辱沒了作家，反而是讀者和作家的關係更加融洽——雖然很難說村上一開始寫作時就是這樣有意識的操作。

說起來事情也非常簡單，社會變了，人的趣味也變了，當代讀者更願意在尋找作家蹤跡的過程中發現自己的價值，村上微妙的保持了與讀者的距離，但是身為作家的「公共性」特質又讓自身陷在讀者的眼皮底下，這是沒有辦法的事，一個作家隱匿的再深，它的作品也還是必須放置於讀者面前，否則寫作本身就會跟拋個眼神一樣毫無意義。

在尋找自身價值的過程中，人們會產生某種震撼身心的閱讀體驗——這樣的話也許說的很多了——還是老話，由於村上本身離自己較遠，那麼閱讀其作品就成為接近村上的必經之路。村上生活的現實性與其小說作品的虛構性很好地構成了一幅光景，既符合人們對這個異國作家的人文想像，也能在其中找到自己的方向。換句話說，就是將自己也看成了村上作品中的一份子，這種強烈的參與感在其他作家身上是很難看到的。像《挪威的森林》，像《舞・舞・舞》，像《海邊的卡夫卡》，投射進作品的結果很自然的就會變成「這是我的小說」。無論是講述愛情故事還是險象環生的冒險，我們隨著作家的筆觸忽而陷入情緒的低潮，忽而邁向感受的高潮，當然，在這個過程中，我們依然不知道村上在哪裡，在做什麼，也因為如此，他的作品即成了一切，他的文字即是他的形象。渡邊、五反田或是羊男都是如此。

如果把村上本人看成是一道風景，那麼他的生活形態就是對其自身的描寫，而他的小說的敘述技巧則是這種風景的補充描寫，這麼說一點都沒有牽強附會的感覺，事實上，村上式的距離永遠吸引著一大批讀者「前赴後繼」似的湧向那片風景，村上迷也就同時成了這道風景下被描述的對象。村上是藉由妙趣橫生的比喻來實現這一描寫的，這樣的比喻俯拾皆是，與村上對於氣氛的營造息息相關，歐化但又不造作的語法，這是村上式氣氛賴以存在的重要因素，舉例來說：

可憐的飯店！可憐得活像被十二月的冷遇淋濕的一條三隻腿的黑狗——《舞．舞．舞》

店小人多，險些坐到門外去，人人都同樣大吼大叫，光景簡直和即將沉沒的客輪無異。——《聽風的歌》

直子微微張開嘴唇，茫然若失地看著我的眼睛，彷彿一架被突然拔掉電源的機器——《挪威的森林》

時間像被吞進魚腹中的秤砣一樣黑暗而又沉重——《麵包店再襲擊》

這些比喻都是豐富想像力和細緻觀察力的產物，但它也是村上營造其文字氛圍的必要工具，也是村上迷之所以入迷之處。通過村上「遠離」的姿態和恰當的分寸感，我們加深了對作家本人的印象，與其說村上的文字和表述方法「令人佩服」或是「可愛有趣」，不如說讀者更喜歡不會說教的村上，村上寫完小說離去，一切交給讀者，說到底，這就是村上穿上「隱身衣」的結果——或許村上真正想說的是：「不要管我，多看看我的小說。」

或許事實遠要比我們想像的簡單——村上之所以受歡迎，不過是小說寫得好罷了。不過每個人來看村上及其產生的流行現象都多少帶有情緒化的傾向，總想把自己想到的完整地表達出來。這或許也是受了村上小說的影響。我總覺得這就是文學上的歸屬感，雖然有點不符合村上一貫的風格，但它卻真實存在著。

村上春樹是流行作家嗎？

如果把「流行」定義為受歡迎程度而非一般意義上的流行小說作家，那麼村上毫無疑問是個流行作家。《聽風的歌》、《1973年的彈珠玩具》、《尋羊冒險記》、《世界末日與冷酷異境》、《舞．舞．舞》，即便沒有大張旗鼓的宣傳，每一本仍是賣得嚇嚇叫，甚至村上的短篇小說、隨筆和遊記也都是如此，尤其是村上的代表作《挪威的森林》已重印多次。

按照村上春樹的「御用」翻譯林少華的統計，大陸一地從二〇〇一年譯林接手村上到二〇〇四年間，村上作品三年的印數已超過兩百萬冊，加上灕江出版時期的五十萬冊，村上作品至今已然超過兩百五十萬冊，「超過新時期出版的所有日本文學作品的總和，以致村上春樹和他的《挪》成了一種文化符號……」所以村上理所當然的是一位流行作家。

如果以文學影響和翻譯情況來看，村上不僅僅是日本或是亞洲作家，事實上，他的影響力已經在三十多個國家形成了日本人愛說的「村上流」。無論是在美國、英國還是德國、法國，村上都擁有一批忠實的文學擁護者，書店有專門的村上文學專櫃，讀者群中有專門的村上俱樂部，尤其是在德國，村上的《尋羊冒險記》自一九九一年出版以來已經創出下一百多萬的銷售額。村上春樹毫無疑問，是個「令人不可思議的特殊存在」！

古人說「各領風騷數百年」，在當今瞬息萬變，人們的口味一天變一次的年代，一種流行現象能維持一年半載已經實屬難得，然而村上其人其文卻流行了三十多年，而且隨著時間的推移，村上的流行更顯示出旺盛的生命力，一如林少華所言，村上春樹已經成了一種文化符號，深刻地影響著都市人群的價值取向和生活旨趣；這並非一時的發燒現象，而是一場前所未有的持續性傳染，村上打了個噴嚏，很多人都感冒了。每個人都從村上身上看到自己的青春歲月，每個人都從村上小說上找到了自己的青春讀本。

要說村上華語地區真正流行起來是《挪威的森林》出版後，大家都在討論著裡面人物的性格和命運，「為什麼是這樣」或者「為什麼不是那樣」。雖然很多人表示看不懂村上，但是在舉手投足間儼然卻學起了村上式的生活，說話言簡意賅，喜怒不形於色，不抽菸的抽起了菸，不喝酒的喝起了酒，翻起了《大亨小傳》，踏進了從不涉足的酒吧。據說當時有的大學生幾乎人手一本《挪威的森林》，人人都在尋找自己身上能被貼上「村上標籤」的東西，用村上式的文體寫信，用村上式的人生態度處世，甚至給自己取筆名也用村上的名字。在村上成為一種流行的文化現象時，看村上也成了時髦的行為，記得不知道是誰曾經說過這麼一句話：「如果說你對村上嗤之以鼻，別人將對你嗤之以鼻。」聽說還發生過同一宿舍的人因為對村上各執己見而大打出手的情況。從這方面來說，村上不僅是流行作家，更是衡量友誼、評價格調的重要依據；而從某種意義上來說，村上春樹對於現在的新新人類有著特殊的親和力和歸屬感，隨著時間和潮流的沉澱，零散的村上讀者日趨減少，而死忠的村上讀者越來越多，雖然沒有一個權威的資料統計，但我想這個數字肯定是驚人的。

村上的小說很難界定他是純文學還是通俗文學，因為村上的小說既有深邃的意境和高超的藝術成就，也有詭譎的情節，所謂「類偵探小說寫法」，所以在自己的母國，村上並不被文學界認為是純文學作家，而更像渡邊淳一那樣的中間派作家；而對於某些讀者來說，小說裡面呈現出的生活側寫讓人更容易把村上看成是通俗作家。

但這不是村上文學的全部，或者說流行元素和生活側寫只是村上文學的皮毛，而內裡是村上對日本社會乃至整個人類精神世界的思考。也許村上看到這句話會說：「可真是摧枯拉朽般的句子。」雖然村上自己也說不清「羊男」究竟代表著什麼，雖然五反田開口閉口說「高度發達的資本主義社會」，看似調侃，卻將村上的敘述慾望表露無疑。《海邊的卡夫卡》以及之後的作品延續和加深了這種慾望。村上力圖透過故意異化世界的表像，擴大其小說的當代意義，可以說村上是一個具有社會反省力和治療力的小說家，以此而言，村上既不屬於流行，也不屬於通俗，而是一個純文學的嚴肅作家。即使在還有人將村上納入通俗小說家行列的當下，也不能磨滅村上的這一特質。

所謂村上文學的特質，並不全是那些顯而易見的汽車洋酒之類符號性的東西，而是村上越來越深的「介入性」，這一點可以從他撰寫報導文學63《地下鐵事件》可見一斑。在這本書中，村上將自己主動拉進社會風暴的中心，直接面對社會的反面，一改以往與社會、與媒體保持距離感的做法，走了一條在一般讀者眼中不同以往的村上路線。但這一條村上路線其實並不陌生，從他最初在小說中描述和反思六〇年代的學生運動時就開始了，如今只不過將這扇門拉得更開廣而已。而社會大眾對村上的接受度並沒有因為村上變得嚴肅而有所減少，反而與日俱增，這跟讀者的成長密不可分，當十幾年前十九、二十來歲的人成長為三十來歲的社會中堅時，他們也希望村上變得更加「深沉」和「凝重」。

觀察村上及其文學在這幾年由內而外的變化，我們可以得出這樣的結論，村上或許不再是那個當初寫《挪威的森林》時的村上，更不是寫《遇見100%的女孩》時的村上，就像村上說的那樣，「挪」是他的一個異數，而自己再也不可能寫出像「遇」那樣的小說。很顯然村上正在往更高的階段邁進，無論是他的年齡和社會的要求都要他這麼做，說村上是社會派作家一點都不為過。可以肯定，村上還會隨著自己的人生軌跡變化下去，朝著自己更高的目標前行，也許到那時候，村上不僅是流行指標，更是經典。

63《地下鐵事件》：一九九五年日本東京地鐵發生沙林毒氣事件，近兩年後，參訪當時的受害者與見證人等六十二位，完成報導文學作品《地下鐵事件》。一年後的續作《約束的場所：地下鐵事件Ⅱ》則以八位奧姆真理教信者的長篇記錄作為平衡報導。前後兩作均為今日探討奧姆事件對日本國民意識衝擊之寶貴作品。

「神話」的當代寫照

當今社會是每天都在發生急劇變化的社會，舊事物被淘汰，新花樣登上舞臺，很多人都在尋覓著自己的榜樣，也有很多人在努力成為別人的榜樣，王建民或是周星馳，他們都是自己的成功者，也可以說他們創造出了屬於自己的神話，這種「神話」離我們很近，近到觸手可及，就看你願不願意伸出自己的手。在純粹的文學作品越來越趨向小眾化的現在，不借助任何媒體宣傳，不虛構任何緋聞噱頭，不辦簽書會、不請人寫捧場的書評，新書一經出版便能輕鬆銷售破百萬冊的作家，毫無疑問也是文壇上的一個神話。「村上神話」作為一個可以被觀察、可以被窺探、完全存在於我們眼前的一種現象，很容易讓我們想到那些常常成為一時話題的青春寫手的趣事，當然，這樣的趣事大眾媒體是很樂意報導的，不僅能製造成話題，提高收視率，也能抓住廣告商挑剔的眼光；但若換作村上這位個性十足的作家，媒體的臉上可能便會露出失望甚至痛恨的神情，但越是如此，村上春樹這個人越顯露出某種「神話」的氣質，不是什麼銷量和名氣的問題，而是說村上在媒體眼裡，是那種讓人摸不清的人。

現在的文學界與其說正在被一個個以文學的名義組成的圈子包圍著，不如說「文學」本身已經出現了分化，寫作本身越來越具有市場特性，粗製濫造搭配精心包裝，玩弄文字冒充特立獨行，一批批類文學的作品充斥著社會的各個角落，大有喧賓奪主的架勢。但不管樣子多麼好看，多少還是有點煞風景，尤其是在如今這樣一個資訊發達的年代，人們隨時接觸大量的訊息，觀看大量媒體製造的新聞，閱讀各類人工合成的文章，逐漸迷糊了生活的真實性和人的存在感。與其說「當代社會」是生活的場所，不如說是各種符號與圖像交錯共存的抽象世界來得確切。

村上春樹的出現似乎正在逐漸改變這一個現象，雖然還不明顯，但事實上，人們對於純文學的端莊嚴謹表現得更為歡迎。我想說的是，正是村上文學讓我們感受到了生活真實與殘酷的一面，而不是從其他人那裡感受到的虛幻之感，村上也有虛幻，但更多的是他帶給我們那觸手可及的真實感，而且這種真實感與文學虛構一點也不矛盾。村上讓我們感到，他所描述的一切我們都將遇到，早晚罷了。於是，村上的經驗也就成了我們大家的經驗，我們在某某大飯店看到海豚飯店的影子，在前女友身上看到直子的影子，甚至在曬太陽的老者身上看到羊博士的影子。村上不可能告訴我們出口在哪裡，但他會和我們站在同一個高度一起去尋找那個出口。可能會發生這樣的一句對話——我們問：「那裡在哪裡？」村上回答：「那裡就在那裡。」然後有人哭泣，有人喝咖啡，也有人睡懶覺。村上極其容易地便和我們成了朋友，我們可以無話不談，除了金融卡密碼。

村上不僅是文學寫作的高手，也是洞悉社會規則的明眼人，他冷眼旁觀世界萬象，然後將其一毫不差地落實於他的小說中，如《舞・舞・舞》警察署那段，以黑色幽默的筆法揭露制度的荒謬，有著與卡夫卡《審判》同樣的犀利，與世界的真實性一樣；性也是真實生活的一部分，是人的基本生理需求。村上寫性，就像我們寫情書一樣正常，但村上真正描寫性的地方並不多，他並不認為性是文學創作的必須；村上極少感官性渲染，因此顯示出一種純淨的性的體驗，而不是性的刺激。村上描寫性，只不過是當做生活的一個細節而已，但遺憾的是，我們所見到的大多數作家的作品，都把性當成中心內容來描寫；把性看成一個細節，於是殘酷的真實性便突顯出來，把性當成中心來描寫，於是我們也只能看到性而看不到其他。為了不長針眼，或長了以後能迅速好轉，我們只能親近村上，他至少告訴我們這樣一個道理：問題永遠存在，我們所能做的就是不要讓問題增加。

於是我們看到這樣一幅場景：村上筆下所有的人物都生活在一個普通的物質世界裡，

過著普通的生活，可是所有人在平凡的面具背後似乎都藏有某個嚴重的困境，這困境總是具體表現為不停的回憶、不停的尋找、不停的擁有以及不停的失去。有的人明明很快樂，最後卻死去了，死的無聲無息，村上常常這樣寫道：「很多年以後，我的一位高中同學寄來一份賀年卡，除了沒有新意的『新年快樂』的話外，他還告訴我，ＸＸ在幾天前死去了。是車禍。」寥寥數語，不幸與毀滅的噩耗卻清晰無誤地從敘述深處傳來，成為盤旋的背景音樂。這個世界是不完美的，因為我們不完美，這就是殘酷的現實性。他不曾直接為我們概括出人生的痛苦、悲哀、迷惘，但它們總能透過似乎並無新意的生死安排與悲觀離合──甚至某些彷彿是通俗小說的俗套──把我們深深打動，覺得某人某事某時某刻寫的就是我們自己。

村上從不充當命運的先知或掌握一切的敘述暴君，他與我們處於同一視角，同一起跑線，村上將他的經歷和人生經驗藉由一個個鮮明故事娓娓道來，我們各取所需，豐富自己的人生閱歷。村上讓你感到他和人物一起呼吸，並非在描寫一個故事，而是向你傾訴他自己，向你提問題，並冷不防的質問你的幸福或你的虛無，然後提供一大堆血肉模糊的證據，因此，我們能體驗到一種極有現實感的共同困惑與解決過程。正因如此，村上超越了日本這個國家的界限，超越了文字的束縛，更超越了作家的身分，成為一種當代生活的真實寫照。一如音樂是對人內心生活的寫照，一如性生活是對人慾望外在的延續，村上春樹無疑是一種時代氛圍的標誌，這是村上得以流行的當代性，也是我們生活於當代的本質。

真實的生活樣貌和虛構的文學景觀都有其特定的象徵意義，這種象徵意義來自某個人物、某個情節、更來自村上春樹與眾不同的文學世界，這種象徵也準確對應了我們，尤其是當代青年的基本精神與生活狀態，讓我們深深地與之產生共鳴；正是這種對應喚起的共鳴，讓日本的村上春樹不斷地感動著我們身邊正在認真思考的青年們。

誰在談論村上春樹

就整個華語圈來觀察，最先發生「村上效應」的當然就是臺灣，譯者賴明珠無疑是這波效應中關鍵的最佳推手。一九四七年出生於苗栗的賴明珠從一九八六年為時報出版社翻譯《1973年的彈珠玩具》和《遇見100%的女孩》開始，至今已經翻譯出版了三十多本村上的作品，可謂翻譯村上文學第一人。隨著村上文學在台灣的落地生根，村上熱悄然興起，據說九〇年代中期，至少有三分之一的大學生人手一本村上小說；這波風潮也傳染到了文學界，尤其是對擅長寫都會小說的作家來說，村上那種特立獨行的處世態度和小說風格一出現便征服了他們的心靈，激盪起令人暈眩的火花。想寫的時候就寫點，其他時間要嘛出門旅行，要嘛鑽進酒吧喝威士忌，這正是大多數作家嚮往的生活。正因如此，模仿村上文體和處世風格的作家相繼湧現，一些原本默默無聞的邊緣作家因為模仿村上而受到歡迎，在九〇年代形成了台灣獨特的文學風貌。

大學生也好，新近作家也罷，都從不同角度構成了村上文學在臺灣的閱讀生態，學生為他建立了專門的網站，作家為他寫出了一篇篇評論文章，人文學者更是從政治和人的角度來解構村上的文學存在。報紙上大幅報告村上的趣事，還出版了不少以村上為主題的書籍。而除了臺灣，香港的村上熱潮同樣炒得火熱，香港譯者葉蕙也是功不可沒。在某種意義來說，九〇年代即是本土文學陷入寂寞之國的痛苦期，也是海外文學翻譯作品的高峰期，就日本文學來說，村上春樹更無疑是話題的中心。說來有趣，臺灣和大陸最推崇的要數《挪威的森林》，但就香港而言，《尋羊冒險記》更受歡迎，至於放諸西方世界，《發條鳥年代記》則是他們心中的首選。

學生心情，文人趣味，學者角度，大眾心態，無論從哪一個方面來看，每個人都能找到自己可供談論的視角，而在如今的時代，一個作家是否能夠被多角度討論，很大程度上意味著他是否能流行，繼而成為一個文化現象的關鍵。村上春樹，無論其人其文，都切合了當下文化的潮流，人們都能輕而易舉地從他的小說和本人身上尋覓到某種「談論的話題」。

媒體的力量在資訊社會是不可估量的，村上現象的蓬勃發展正是靠媒體推波助瀾而達到眾人皆知的地步。不過就村上小說而言，最初的「人盡皆知」是在口耳相傳中達成的，這也是為什麼村上小說的銷量在逐年遞增的重要原因。與其說村上是媒體的寵兒，不是說是讀者的寵兒，這些讀者一如上述提到的，有大學生、有作家、有人文學者、也有一般的上班族，但是討論村上最多的還是當屬大學生和上班族，因為他們更熟悉村上，或說村上小說表現的內涵更貼近他們的心理期待。據統計，臺灣大學目前就有近六成的人讀過村上的作品，有近三成的人為了能更接近村上的文學世界而打算周遊世界，還有九成受訪者能夠隨口說出《挪威的森林》裡的情節。一些戲劇社團紛紛以村上小說為藍本創作了一齣齣舞臺劇。另外淡江大學日文系還特別開設了「村上春樹研究室」，大陸也有學校專門開設了村上春樹的研討課，從社會學、心理學、文本學角度加以探討。

這種學術研究無論是其影響力還是討論的程度都在與日俱增，從東京大學到早稻田大學，從台灣到美國。以前日本作家的研究會只會放在日本，以此顯示其文學的正統性，而村上春樹則是一個例外，一則是因為與同時期的日本作家相比，他在世界各地的接受度都名列前茅，二則村上文學的表現力越來越具有世界性。就在幾年前，賴明珠、林少華和葉蕙齊聚一堂，就各自的翻譯問題進行了研討，據說場面相當熱烈。毫無疑問，台灣早已是村上文學的重鎮，如果說日本是村上文學的發祥地，華語地區則將是村上文學的搖籃。

世界是一個充滿奇異的幾何圖形，為了求得平衡，每個人都在尋找自己的立足點。所謂社會意義，所謂人文關懷，所謂心靈價值，說到底都是自我尋覓的依託，要往更高的地方攀登，沒有依託是萬萬不行的。村上和他的小說就是我們這群人的依託。我們討論村上，實則是在討論「我們能走多遠」此一可能性。村上或許代表不了我們每個人的全部人生，但至少能代表我們身處某一時刻的那種悸動，從冷若冰霜到熱血沸騰，無論你身處何處都能找到自己的村上身影。

說上述這段話的是我一個已經不存在的朋友。很年輕，很樂觀，也很不幸，我們通過網路認識，然後在現實中相遇，相遇沒多久就成永別。我們有我們的悲傷，村上有村上的無奈，村上說文學是一個訴說的出口，我想說生命是不斷相遇的過程。戴愛玲在〈天使之翼〉中唱道：

把翅膀借你去闖蕩
把夢想借你去閃亮
把太陽借你來曬曬你的舊傷
把信仰借你釋放
一起流浪

也不害怕
把翅膀借你去越過雲上方
把天堂借你歌唱
我們要往美麗出發

村上之所以是村上，正如歌中所唱，有夢想的翅膀、有閃亮的太陽、有美麗的天堂。即便再普通的人都在尋找這樣的心靈驛站，而村上給了我們機會，我們認同村上，於是，談論村上成了某種形式的致敬。也許多年以後，這種談論會成為美好的回憶。有回憶的人生，是充滿青春的人生。

生活的符號

「村上春樹」這個名字猶如流感傳染著你，又像一個符號讓你把他與某種生活風格連接起來，村上春樹與其說是一個名字，不如說是生活方式的寫照。

也許我們愛上一種美食需要理由，愛上一首歌曲需要理由，但是愛上村上春樹不需要理由。你只要說出你愛村上，這個事實就會存在！村上春樹無處不在，正如空氣無所不在。作為一種生活的符號，村上春樹所透露的意境，彷彿一副令人著迷的明代文人畫，畫中有西風古道瘦馬，有小橋流水人家，是文人骨子裡對「採菊東籬下，悠然見南山」的生活情趣的憧憬。

就村上本人的符號特性而言，他的作品也時常透露出某種情懷，朗朗上口，並且充滿誘惑，比如《舞・舞・舞》，比如《尋羊冒險記》、比如《挪威的森林》，讓人在無盡的人生舞臺中親手堆砌自己的人生意境。村上的符號很明朗也很神祕，但是不會讓你感到陌生。

一位同樣喜歡村上的朋友跟我講過這樣一件事。一次他在街上走著，天氣炎熱，他買了瓶水，然後大口大口的喝，胸口都濕了，水還剩一點。他拎著瓶子慢慢地走向回學校的路，突然有股悵然感湧上心頭。他後來告訴我，那時候他想到的只有村上春樹和《挪威的森林》裡的渡邊，他說，村上就在我們身邊。這句話很要命，因為他說出了村上作為符號的本質，每個人或多或少都在演繹村上式的人生。場景不同而已。

能成為符號的作家當然不止村上一個，比如我們想到卡夫卡就會想到一條長長的背影，想到64韓寒就會想到奔跑，每個人都極具個性，都有令人喜歡的一面，但是村上對於我們來說更具有代表性；就像我那個朋友說的那樣，村上就在我們身邊，人們的內心一旦與某類事物相通，就說明那個事物已經牢牢地占據了你的世界，也許什麼時候就會讓你的細胞興奮起來。

村上傳遞給我們的具象事物也有抽象的情緒，因著村上的關係，這些事物和情緒也呈現出符號的特質，雖然這些東西很難用言語來表述，但它卻真實地存在著，猶如痛苦和幸

64韓寒：中國新興作家、職業賽車手，以《三重門》一夕暴紅，而其與中國政治體系衝撞、敢說真話的風格，更讓他的名聲迅速累積。

福真實存在一樣。至於你能否發現這些存在，就看你能否破解「村上春樹」這道符號的謎題。村上用他慣用的筆觸和人們眼中的都會情調取代了一切，無論是「我」還是「我們」都被包含在這一切當中。所謂村上的符號特質，既涵蓋小說廣為流傳的一面，也包括村上的象徵意義，並不是符號學意義上的特質，而是村上的簡單造就了他在人們心中的多樣性。換句話說，村上的符號性註定了他得以存在、得以被廣泛討論的根本原因。

從村上寫作第一篇小說起，沒有一個日本當代作家像他那樣將視線擴展到那麼遠，這種「遠」並不單指村上小說的接受範圍，指的也是村上的思想深度，這一點或許只有村上龍能與之比肩。日本文學評論家指出，當代日本文壇能被稱為作家的只有村上春樹和村上龍，這兩個村上代表了日本文學的走向，客觀上也讓外人更能認清日本文學的面目。而恰恰在這一點上，村上春樹的符號特徵尤其明顯，比如什麼社會的殘酷性，人的空虛心靈，毫無理由的罪惡感等等，還比如什麼「少數派立場」、個性化表述。說村上就不能不說這些，而一說到這些，腦海中浮現的就是村上那張平凡無奇的臉。這是一種很有趣的現象，似乎可以從那裡找到一個穿越時空的門，門外門內的風景大相徑庭，但是村上站在那裡。

村上站在那裡，所以我們隨時能找到他，解開心結；村上站在那裡，所以我們並不孤獨，至少可以在街上流浪的時候帶上一本村上的小說——口渴的時候想買瓶礦泉水，你一聲不響的掏出錢，用手指指貨架上的某個牌子，老闆心知肚明，接過錢放入抽屜，然後把你要的礦泉水交到你手中——動作自然，沒有多餘的廢話，甚至不需要說話，你知道你需要什麼，對方知道自己需要什麼，我們只需傾聽這種需要。這是我們隨處可見的生活場景，但又分明是具有村上式標籤的符號鏡頭。沒錯，村上站在那裡。

生活本身從根本上而言，新鮮是偶然，無聊是必然，大多數的人都在重複昨天的故事。這也是村上的生活符號很重要的組成部分。村上在表現生活的可能性的同時也毫不避諱的表現了生活的無聊，因為這個無聊，確保了村上作品在文體上的新鮮，看似有點矛盾，但無論是《象的消失》還是《偶然的旅人》莫不表現著這種矛盾，就好像有人喜歡一個女生卻又不想跟她在一起。這不僅是村上文學的當代性原色，更是「村上春樹」作為日常性生活的一個基本標杆。不僅是村上的旨趣，也是我們的旨趣。

村上基本上是個不受日本傳統文學架構羈絆的作家，也許正是因為這種思想上的「自由性」，讓他對日本國內的各種批評聲音不太感冒，也不在乎芥川獎。有時候，村上很像一個初涉情場的少女，完全憑自己的感覺行事，有時候又像個老練的江湖俠客，穿梭於各式各樣的場所。村上成功地將我們拉入他的文學感受中，而日本文壇卻遺憾的沒有將其拉進陣營。這種遺憾只能是日本文壇的，而不是村上和我們。

不只是文青

從《挪威的森林》開始，讀者就習慣性地將村上和他的小說看成是文青的代言人和專用讀本。看村上就意味著文青。不可否認，村上作品中有諸多令充滿格調韻致的東西——咖啡、酒吧、音樂、性、各種人物和奇特的對話、與眾不同的處世態度……這些「彼岸花」似的東西讓文青們心嚮往之，於是便一廂情願地給村上貼上了文青的標籤，並且一個勁地在那裡欣賞。

村上身上的確有某種令人心動的氣息，年輕讀者從中體會到了可能的生活方式，於是覺得那是自己努力的目標，因為那實在太誘人了。部分文青的一大特點就是虛幻而做作，但村上身上絲毫沒有做作的意味。村上寫出了現實中人們的困境，透過一個個城市佈景，經由一個個村上式風格獨具的話語，構成了人們眼中「文青」的一面。但如果把文青定位成追求文化特殊性的人們，那麼早期村上小說中透露出來的生活樣貌或許稱的上有些「文青」，但這遠非村上的全部，在村上陸續寫出《海邊的卡夫卡》、《黑夜之後》這樣揭示日本文化裡暴力性因素的源頭和傳承的小說之後，如果還繼續將「文青」看成是村上文學的唯一標籤，則顯得有點不合時宜。

某些人總喜歡給別人貼標籤，這是令我十分不解的問題，讀者也好，文化評論界也好，似乎都有這樣的傾向，諸如魔幻現實主義、意識流作家、超現實主義文學，似乎不為其貼上標籤就顯示不出自己的深刻理解力，而當我們在為別人貼標籤的時候，其實也同時在被別人貼標籤。在閱讀米蘭．昆德拉是某種生活品味的年代，如果你開口閉口都是這個捷克男人的名字，那麼你就有可能是別人眼中的「文青」。對村上的閱讀同樣也會帶來這樣的結果，文青也好，大眾也罷，都是人們為了能更快速走近村上而找出來的「高速公路」，也許他們能找到自己所需的東西，但是——這遠非是村上的全部。

事實上，村上無論是在實質上還是就其作品本身而言，都具有非常獨特的意義。在這個日本作家的身上，細心的讀者不僅能讀出所謂文青的生活樣態，更能看到村上文學深遠的內涵，這種內涵遠遠超出那些酒吧、名酒、爵士樂所能涵蓋的範圍，更不是那些意欲模仿村上風格的新興作家抄抄皮毛就能學得起來的。

一位評論家曾說：「村上春樹的作品同樣有著性解放、速食的憂鬱和都會的頹廢心情，他卻在這一切浮光掠影之外流露出了深刻的思考乃至冷靜的批判。某些文人追求的情調，卻正是村上春樹所反思的。」這句話對所有有志進入文學創作領域的人都有一番警示作用。

在《舞・舞・舞》裡，我們看到了人性的源頭，「高度發達的資本主義」；在《世界末日與冷酷異境》中，我們看到了世界是如何將人異化，而人又如何加重了這種異化；在《尋羊冒險記》中，我們看到村上挖掘出了人之所以「惡」的精神實質；即使是在《挪威的森林》這樣一部被大多數人認為的憂鬱愛情故事中，同樣暗示了日本學生對運動、政治思潮和整個社會的逆反態度──這些都不單單只用一句「文青」就可以簡單概括的。

如果非要將文青和村上本人聯繫起來，那麼這只能算是村上被人誤解的一面，而在另一面，或說真實的村上，他一直在用自己的方式描繪現代社會的種種荒誕、陰暗與人在現實制度之下的精神痛苦；他的頹廢、憂鬱和玩世不恭與他對「高度發達的資本主義社會」的思考和憂慮不無關係。正如一篇文章所指出的：我們讀村上只讀對了一半，他至少有一半作品不是「文青」的，他已經由文青變成鬥士，由作家變成一個人文關注者，他清楚的表現出這一點，這是很可貴的，村上作為一個比較內向的作家，對日本的社會現狀敢發言，不僅需要良知，更需要勇氣——這種勇氣是正視人生的慘澹，直抒內心的激盪，以一個日本作家而言，這一點是值得我們肯定的。而說出「喝咖啡就喝星巴克，買傢俱就買Ikea，看文青就看村上春樹」這種話的人，大概就只是耍耍嘴皮子「晃點」一下而已，而且還是自我晃點。

「文青」已經開始淪落為一個被嘲弄的字眼，或許那樣的追求已然過時，每個時代都有其特有的氣質，或輕或重，或長或短。時間在一分一秒地流逝，當塵埃落定，真正能留下的少之又少。有人說：「有種旋律叫村上春樹，有種惡行叫文藝青年。」看上去像是氣話，但也絕妙地表達出所要說的一切。每個人都需要找一個載體來表達自己的想望，文青的載體是片面的村上，村上的載體是他的小說。毫無疑問，作家離開寫作將一文不值。村上說，作家就是「職業撒謊者」，「作家渴望與他人分享對世界的看法，但他們希望保持一點距離，用有趣的、非說教的方式表達自己」。這就是小說作為表達載體的意義，也是作家的責任感。

「作家藉由寫故事來不斷理清每個個體生命的獨特性」，這既是村上的文學意義，也是每個寫作者的社會擔當。在講故事的過程中，小說家要做出是非判斷。這樣的判斷往往不意味著區分好人和壞人，而是坦露每一個人內心的光明和黑暗，用光明去照亮黑暗。

夜已深沉，但明天還會一如既往的到來。村上的書看了一遍還會一而再再而三地拿起重讀，文青不文青已然不重要，重讀，只顯現出村上文學的偉大，他不只是文青那模糊不清的樣貌，他更是一個鬥士。

在挪威的森林，描繪我們的村上

關於村上，我說的其實是……

生活中有很多細節可以成為習慣，比如搔搔腦袋，比如動不動看看自己的鞋帶，又或是在一天的某一時刻習慣性發呆。當我在小學時第一次接觸書店之後，三不五時逛書店的習慣也在時光的窺視下逐漸養成。逛書店是一種享受，但買書有時候卻成為一種精神壓力。因為逃出去的多，收進來的少，最後總是餓壞了錢包。這是一種不得不做出深刻反思的事實，但另一個事實是，自從在高中看到《挪威的森林》後，便一發不可收拾地永久性地陷入了財政危機。在多年後的自己眼裡，這未免有些自虐的傾向。

村上的書像蠶寶寶啃桑葉一樣一本一本地看過來，在我的鼻樑上還未加上影響市容的眼鏡前，我認為那是一種清和的晚風吹進了我年少多愁的心房，雖然這個句子看上去過於做作，但是還是得這麼寫，不僅是當初心情的寫照，也是現在生活的對照。好了，做作就此打住。村上的小說乍看之下似乎有些重複，主角相似，經歷相似，愛好相似，就連說的話也極其相似，很會享受生活，很讓女孩子著迷（這一點最切中要害）。他的小說塑造的，不是人物也不是故事情節，而是某種略嫌沮喪的人生，沮喪的人生誰都可能遇到，如同焦掉的咖啡誰都可能喝到。

隨著眼鏡度數地逐年增加，隨著腳下鞋底磨損程度的加劇，村上在我眼裡，更具有了時代性的象徵，這句話可能也很做作。當然，看到村上的另一面與眼鏡度數和鞋底磨損程度毫無關係，跟人的觀察和認識的視角有關，隨著閱歷的增加，村上和我們都在以不同的方式成長，這種不同的方式來自不同國家的文化和來自各自的成長經歷。

從為文為人來觀察村上春樹，這個男人無疑是一個恪守作家規範的傢伙，嚴以律己，除了與寫作有關的事情很少參與，既不寫而優則導，也不做藝術大師、文壇大老或是時尚新貴。村上只是老老實實地安守自己的一畝地，春種秋收，自得其樂；偶爾累了，老婆便會遞上酒說：「老頭子，先歇歇再繼續工作吧。」夫妻恩愛，生活舒暢，與「文青」相去甚遠，但離我們每個人嚮往的卻很近。在我的眼裡，村上甚至不是小說家，而是智慧老人，金庸寫的是成人童話，村上寫的是每個人的生活智慧。有人把村上比喻成修行者，有人把村上看成精神導師，這樣的說法讓人很容易將其和一些格言般的句子聯繫起來。村上當然不是格言，但是他像格言一樣讓我們看到理想的另一面。

理想的另一面是什麼呢？最有可能的是「世界末日與冷酷異境」。那裡有村上無法言說的男人的夢，有他青春的記憶，有吱吱啦啦作響的黑膠唱片。這些場景在老上海的電影裡也時常能見到，但情調各異。村上在自己的夢裡敘述「非流行的流行歌」，在黑膠唱片裡吟唱「遠離悶騷」的期盼，在遊刃有餘地做這些的時候，村上走向一間老屋子，給自己還有我們磨製了上等的咖啡，意猶未盡之際這位老兄卻消失了。但我們知道這傢伙一定又會在哪裡出現，於是，我們依然重複自己的生活，村上依然在自己的末日和異境中獨自逍遙。不管是屋裡漏水還是窗外大雪，人們的生活從來都不會發生根本性改變，該幸福的遲早會幸福，該悲傷的也無法逃脫。我就是這麼想的，這麼想難免會讓人心生悲觀，於是不斷地翻村上的小說；老實說這樣做很痛苦，但痛苦過後也許就會有快感在等待著你。村上迷們要的就是這種快感。

這是村上小說世界中最誘人的一面，比肯德基對三歲小孩更誘人。這種誘人的一面來自村上內心的簡單，作為作家，他不複雜，作為普通人，他更是單純。村上的單純與世界的複雜形成了鮮明的對比，於是，很多人，也包括我這個精神不濟的人找到了一個可以心靈小憩的所在。這不僅表現在村上的行事風格上，也表現在村上筆下的人物之中。他的主角，再怎麼頹唐卑微，依舊還可以聽著羅西尼的歌劇煮義大利麵，這種觸手可及的「英雄」

姿態，感染了很多和村上一樣單純或正在尋找單純的人。這種單純有時像某首流行歌一樣隨處可得，但更多時候，它像白日夢一樣讓人無處可尋。曾聽人唱道：「不是你的錯，是我太寂寞。」沒有誰不寂寞，即使成天與人說說笑笑，有最親近的人在身邊，也會有寂寞的時候；有時候，寂寞不是因為沒人關心你，恰恰是太多人關心你，所以你才寂寞。寂寞不是一種情緒，而是一種感受。

不知道這話讓王家衛聽到會產生怎樣的效果，他可能會大喊說我們或是村上在抄襲他的創意，這肯定是句幽默的喊叫。別看王家衛一副酷勁十足的打扮，實際上也很幽默的。我們需要給自己找點幽默感，就像周星馳那樣，一定程度的幽默要比一定程度的自虐更好。大概也是發現了這其中的道理，村上春樹以自己多年長跑的經歷為主題寫了本書，書名有點繞口，叫《關於跑步，我說的其實是……》，據說是向其文學導師之一的 Raymond Carver 致敬之作；不管是致敬也好自娛也罷，村上寫的高興，我們讀的開心就已經足夠了，要知道，這世界上兩全其美的事情越來越少了。

村上談自己的長跑，我談自己的村上，這種自得其樂的敘述狀態或許不完美，但也是一種與村上遙遙相望地方式。我想，村上也許不希望讀者過於靠近自己，就像不希望自己過於靠近文壇一樣，過於接近會影響他的判斷，這種可能性是存在的。雖然近年來村上一直堅持給讀者回信解答各種問題，但卻依然很少在讀者面前公開露臉，除了影響判斷，也可能是害羞吧，換做我，也許如此。誰沒有害羞的時候。說句題外話，張國榮、迪克牛仔、動力火車同樣也會害羞。

跑步是村上春樹至死都不可能放棄的愛好，與其說是愛好，恐怕要說是已經成為生活方式更為恰當。村上說：「一個幸運的作家一生中大約能寫十二部小說。我不知道我還能寫多少。我希望還能寫個四五部。但當我跑步時，我感覺不到那種限制。我每四年才能寫出一本大部頭的小說，但我每年都能跑一次十公里比賽、一次半程馬拉松和一次馬拉松。」村上希望以後在墓碑上這樣寫：「至少，他從不走路。」這句話讓人捧腹一笑後對村上更增添好感。村上直率不做作，單純而又充滿智慧，這樣的男人即便不是極品也是少見。一個有著健康生活態度的人自然會引起別人的矚目和好感，比起寫小說的村上，有時候我更喜歡長跑中的村上，跑步中村上更像個鄰家男孩，喜怒形於色，讓人尤其是鄰家小妹喜歡不已。如果哪一天我們的墓誌銘可以不用動腦筋就簡單明瞭地告訴別人自己的一生曾經怎樣度過，也許也會令鄰家小妹側目。倒是很想試試，希望不要被扔礦泉水瓶。

幾年前，我身邊幾個愛好音樂的朋友拿村上的《爵士群像》當作自己爵士樂的入門讀物，也有一些更年輕的朋友開始信心滿滿地在紙上塗鴉起來，而因為村上的愛好，也會有更多的人因此喜歡上長跑，村上給人的啟發總是具有積極熱烈的一面。我相信，村上的這一特質將會持續下去，就像地球的自轉一樣。這實際上已經與喜歡村上到哪種程度無關，而是一種不自覺地舉動，三十多年的村上流轉早已培養出一大批忠實的讀者，這些讀者正在把自己對村上的喜歡傳遞給更多的人，就像骨牌效應一樣。

留了幾本村上春樹的小說

我一直說到我的朋友，是的，我有一些還算聊得來的朋友，他們有的性格內向，有的高談闊論；有的很脆弱，有的很堅強。他們有的就在我的身邊，有的已經多年未曾聯繫。我很想念他們，就像女孩想念洋娃娃。幾年前，我的一位朋友搬家前給我留下了幾本村上的小說，《挪威的森林》、《尋羊冒險記》、《麵包店再襲擊》，這些都是他大學時期的必讀書籍，他知道我有時間也愛翻翻老村的小說，臨走前就把這三本小說送給了我。現在想來，我這位朋友留下的不僅是幾本村上的小說，也是小說中描述過的令人懷念的青春。「青春」——這個字眼讓人有些迷惑，也讓人不忍面對。因為它在我們生命中停留的時間很短暫，短暫的讓我們來不及跟心儀的女孩拋個示愛的眼神。

我已經記不得自己讀了多少遍《挪威的森林》，也不知道自己做了多少與書中情節類似的夢。這是一種非常奇妙的體驗。這種體驗隨著歲數的累加越發顯出迷人的色彩，我是說關注村上春樹，閱讀他的小說已經成為每個月都要一絲不苟完成的功課。像鬧鐘一樣準時。看小說除了能用閱讀的方式跟村上進行零距離接觸之外，也是我回味過去時光的一種方式，這種方式很管用，它帶來了很多有關故鄉和親朋好友的消息，也捎來了一千多公里之外的海風的問候。對此，我感到既熟悉又陌生。這是時間對於我的損害。該怎麼說呢，很多時光已經回不去了，如同村上說自己再也寫不出三十歲時的小說一樣，三十歲時的景象當然再也難以模擬出來，過去的已經過去，這必是無可奈何的事情，但是我們沒有因此而沉淪，因為村上在《舞・舞・舞》裡這樣說過：

「我十三歲的時候也這樣想過。」我說。「這種人生是不是會繼續下去呢。但並不會這樣。總會有辦法的。如果不行的話，到那時候再想辦法也不遲。再長大一些的話也會戀愛。人家會買胸罩給妳。看世界的眼光也會改變。」

一不小心都讓村上春樹預料到了。無論是我還是周遭的人，都已經到了一定年紀，一路上遇到了或大或小的阻礙，有的被我們克服，有的克服了我們，但我們還是跌跌撞撞地來到了這裡，「總會有辦法的」也許有些理想化，但「如果不行的話，到那時候再想辦法也不遲」倒是一句實話。我們正處於「不遲」的階段，觀察世界的角度與過去已經完全不同，不過與村上說的稍微不同的是，不是別人給我買胸罩，而是我給別人買胸罩，當然是相愛的人。我的那些朋友一個個都找到了人生的旅伴，我當然也不能甘於人後。長輩說，把這種功夫用到做事情上一定能有所成就，他說的沒錯，村上也說的沒錯。我們身邊總不缺給予我們人生智慧的高手。

我的那位送書的朋友以前嗜酒如命，愛打抱不平，性格耿直，為人熱情，是一個非著名的江湖人士和小說高手。他曾對我說，他在村上的小說裡看到了不滅的人生之光，這恰好能對照出我們的不堪一擊。這傢伙說的一點沒錯。他總是在我打盹的時候說幾句類似「65還我漂漂拳」之類的至理名言。我們很久沒有聯繫了，也許什麼時候我們會澈底失去聯繫，然後澈底將彼此忘卻，就像我們忘卻過去一樣，但也說不準什麼時候這個老傢伙就會現身在身邊的某處，然後嘿嘿笑著邀我一醉方休。我很期待這樣的日子早點到來，就像我期待村上的新小說早點出版。這樣的心情不知道村上春樹能否體會。

在我的眼裡，村上是個毫不偏頗的人，也是一個性情分明的人，喜歡看流行電影，也翻閱理論典籍，有時勤快的不行，有時又懶惰的非常。村上即是個典型的日本男人，又是個非典型的日本作家。村上繼承了六〇年代的時代靈魂，也散發出新世紀的誘人氣息。他懂得如何用自己擅長的方式進行表達，也具備透過表象看本質的能力。這一點讓我很羨慕，如果我擁有這種能力該多好，不說別的，至少多了一樣生存技能。生存是所有人都逃不脫的課題，你不能請假也不能蹺課，村上說逃避事實不如面對事實，但是面對以後呢？村上微微一笑，看著我們。我突然想起曾在一張報紙裡看到的一句話，原話忘了，大意是說如果我們不能乘上當前的火車，那麼下一趟火車將永遠與你無緣。這句話加在村上給予我們的啟發上或許更為完美——村上的小說就是我們當前的火車，如果錯過了這班火車，下一班火車何時到來可就很難預料。

「正經的男男女女已經上班去了，而我們在這裡悠閒地啜著咖啡。」

[66]「我十三歲的時候，世界要單純得多。努力當得報償，諾言當得兌現，美當得保留。」

「過單身生活的人往往會在無意中掌握很多種能力，否則便無法將生命延續下去。」

「街上到處是上班的人流。見此光景，我也覺得該開始工作了。」

在朋友留給我的其中一本書裡，夾著一張紙條，上面寫著上述四段句子。如果是單純

65 還我漂漂拳：出自周星馳的電影《唐伯虎點秋香》。

66 以下三句出自《舞・舞・舞》

的小說裡的句子，通過努力，我多少能理解一點，只要將自己的心情體驗帶入即可，但是他想藉由這幾段句子說些什麼，我則很難去理解，即便努力理解，也會落得徒勞。他沒說，我便也沒問。他走的有些孤獨，因為周圍的朋友都沒有去送他，包括我。我怕我去送了會忍不住握握手，拍拍肩，耽誤他的行程，其實我是怕我會留下男人的眼淚。他一走我在這個城市便沒有真正的朋友，也許知道這點，這位多年的老友才把自己的書留給我的吧。在村上的文學世界裡，也許能被冠以「朋友」二字的人才會永遠在你身邊，他請你喝咖啡，你請他說故事。就是這樣。那是我們共同擁有的日子，是回音也是烙印。

摩羯座的男人和他的氣質

也許是種巧合，村上是摩羯座，我也是摩羯座。這給平淡無奇的生活多少增添了一些有趣的成分。要是每天都能找出一兩件這樣有趣的事，保證能延年益壽。但是一般對於這個星座的解釋似乎並不能完全符合村上的真實面貌。星座這類事情大抵也只是自我娛樂的工具罷了。但是另一方面，摩羯座的某類特質，如單純、認真、善良，這樣的字眼加諸於村上身上，一點也不會覺得突兀，反而會覺得，這樣的村上再自然不過。也許這正是這個星座本身的矛盾性在村上身上的體現吧。不過村上也許不會過於在意什麼星座和自己的聯繫。

星座的歸星座，村上的歸村上，我們的歸我們。這似乎有點自我取笑的意味，但是一般說來，只有內心強大的人才會自我取笑。村上的內心經過多年時光的淬鍊已經變得相當強大，就算刑警「漁夫」和「文學」把他帶到警察局連番審訊，他也能泰然處之；即使朋友一個接一個死去，他也依然沒有放棄追尋真相，五反田，May，奇奇，還有「老鼠」。我喜歡「老鼠」這個角色，不知道他是什麼星座。只清楚村上最喜歡的本國作家夏目漱石也是摩羯座。這個地球很奇怪，一些事情往往具有某種難以言喻的關聯性。村上不會是看了夏目漱石的星座後才喜歡他的，作家有作家的操守。這一點村上很明白。

最近很常聽到一句話：人生很遙遠，故事在眼前。這句話很取巧，因為在夜深人靜的時候總能撥亂人們的心湖。我把它們稱為「城市的野火」，有能關照人生的野火，有能領錯方向的野火。關照人生的野火很切合村上目前在我心中的想像。這無關乎什麼星座象徵，跟喜歡不喜歡這位老兄也沒有多少關係，重要的是，村上春樹透露了自己的真實。村上的真實是由人生的隨性和小說的殘酷構成的，而這正是村上氣質的最佳體現。古龍是這樣，梁羽生是這樣，或許某個街頭撿拾空瓶子的老婆婆也是這樣。氣質跟身分無關，與閱歷相連。

記起安妮寶貝說的一句話：「一種沉澱之後的灰綠色，與現實無關，與碰觸到它的瞬間無關。」村上在讀者心中的影響力從單純的銷售量到如今身心的深度感動，反映了人們在日益多元化也日益趨於複雜的人生百態間尋求非關現實，非關想像的一種渴望。現實與想像之間是什麼？我想那是一種觸感，摸到的是實實在在的東西，但那個東西究竟是什麼，則完全在於你自己。村上，這個摩羯座的日本男人，這個有著平凡笑容的不事張揚的作家，或許就是在這樣一種觸感中，充分領略了現實與想像之間的奇特風景。就像在《世界末日與冷酷異境》裡描述的那樣。

村上可以被用來當做某類話題，也可以將其和一些文化名流進行個人喜好式的比較，但是他的氣質是獨一無二的，這是村上所以為村上極為重要的一點。說白點，這是村上這個人的味道，如果失去了這味道，我們就很難找出村上的獨特性，或許就連村上小說中的那些標籤也會變得毫無意義。村上對人世的體悟很大程度上是因為在他身上有那般的體悟氣質，是用寫作和旅行鑄就的一面生動的牆，牆上有村上的名字，有你的名字，有我的名字，更多的是村上筆下那些人的名字。當然，這也是一種觸覺，一種對村上其人的私人理解。有時候想想，村上的可愛之處，就在於我們擅自將其與自己勾連，寫出純屬個人性質的體會文字，而他本人毫無怨言。曾經多次擔任「文化掃雪工」的村上大概很能體諒每個人的難處。

村上春樹靜靜地站在那裡，靜靜地看著我們進進出出，表面上看村上自己的情感也好，文字流露出的情緒也好，都相對淡泊，不激烈，也不衝動，但他的內心卻時刻燃燒著生命的熱忱。同樣的景物，由村上表述出來，我們既看到冰涼也感受到火熱，一個對外，因為無從改變，一個對內，因為可以把握。悵惘中的激烈，是村上本人的真實面目，也是其字裡行間的永遠氣息。

村上對此比任何人都心知肚明，因為那是他的人生，村上已經六十多歲了，一甲子的光年依然過去，正如他自己說的：「是現實，我想，我已經在這裡住下。」是的，這也是我們的現實，我們逃不了也走不開。因為摩羯座的人永遠都會堅定地按自己的想法走下去，即使地球倒轉也不能改變這一信條，固執是這個星座最大的特點。即使村上對所謂星座不屑一顧，甚至嗤之以鼻，但是事實上，誰都脫離不了自己人生的注腳，當村上寫下他人生的第一本小說後，他人生的注腳就是「當個作家，寫有趣的小說」。而我們的人生注腳是什麼？可能是公司職員，也可能是公司老闆，一切都有可能，所以人生還要繼續——這句話當做人生格言或許也不賴，與《舞．舞．舞》中的「Yumiyoshi，早晨來臨了」可有一比。

說說我居住的這座城市，這座城市有點鬼魅，有些傲氣，最近一年來，更有些歇斯底里，但本質上不失大氣華貴。這座城市的脾氣和氣質始終沒能對上我的胃口，這是一件非常糟糕的事情，我需要通過某種途徑與之建立起相對融洽的關係。我試了很多方法，我四處穿行，我頻繁接觸，我狂野歡歌，我小巷發呆，據說進展順利，頗有收獲。當然在我付出努力的時候，這座城市也在努力，讓自己更具有大眾性，而不是孤芳自賞。村上絕不會孤芳自賞，他很清楚自己的分量，他清楚何時該出現，何時消失，就像「老鼠」一樣。眾所周知，「老鼠」和「我」都是村上在小說裡的有趣化身，有趣的小說當然必備有趣的人物，就像無聊的生活同樣有無聊的人一樣。

按照日本熱血電影一般的模式，這個時候，總會有類似領頭的人物出來，握著拳頭狂叫一聲，然後看看周圍的兄弟，說道：「既然生活如此無聊，那我們就創造出激情的生活吧。」所有人附和一聲「好」，激揚的音樂響起，影片就此達到高潮，人物開始了全新的命運；這當然也算一種觸覺，在現實與想像之中的觸覺更叫人忍俊不禁，但沒關係，每個人都有自己的「那一套」模式，村上春樹不也說了「與其束手，不如抗爭」。既然如此，還有什麼好擔心的，不管是摩羯座還是別的星座，馬要跑得最快，舞要跳得最好。村上的個人魅力與氣質正隨著小說的暢銷而四處蔓延，我們需要做些什麼？簡單，做自己能做的，比如，在看《挪威的森林》的時候，想想初戀的女友。

愛上村上，愛上寂寞

四月初的一個清晨，我打了個哈欠從自己的小房子出來，鑽進一家時常光顧的早餐店，要了一籠小籠包和一碗豆漿，雖然味道不夠道地，而且店鋪看上去也不乾淨，但價錢剛好，重要的是離我住的地方近。我就這樣三天兩頭的過來吃早餐，與老闆也熱絡起來。一次，還是照常雙手插口袋吹著自己都聽不懂的小調去吃早點，路上遇到一個二十歲左右的女性，紮著馬尾，一身簡潔的打扮，腳步匆忙，像是急著趕去什麼地方。走沒幾步，卻發現她竟然與我是同一目的地。我坐在她的身後，要了自己的東西，她要的是一個茶葉蛋、兩根油條和一碗鹹豆漿，然後一口一口的吃著，沒有太大聲響。我看著對方的背影，感覺自己有些恍惚。那樣的背影當然隨處可見，甚至比之更讓人產生聯想的背影也大有人在，但那一刻，那個小姐的背影就毫無理由地深深吸引住了我那不算靈光的眼睛。似乎有點恍神。

我不知道是什麼吸引了我的目光。大概我也是在尋找能讓自己的心砰然一動的某類事物吧，像我這樣年紀的人在某個無奇的早晨或許都會做出這樣的舉動。我想肯定是哪裡被觸動了一下，彷彿是在瞬間想起了年少時光般的感觸。村上春樹在動筆寫下《遇見100%的女孩》前，或許也有過類似的感觸，所不同的是，村上把感觸變成了文字，我把感觸變成了敘述。不過無論是村上還是其他芸芸眾生，這樣或那樣的感觸在平凡的生活中多少顯出一絲寂寞的情緒，尤其身處春夏之交的背景，偶爾還有狂烈的風從身上吹過，有的人穿著短袖，有的人還裹著冬衣，上車下車，聊天或自言自語，某種程度而言，都是寂寞的產物，都脫離不了寂寞的羈絆。寂寞不是無聊更非貶義，對於村上來說，寂寞有時候是一種靈感，對於我們，則是生活的某類細節。

我們都是普通人，本質上跟雨水跟朝露沒有區別，一些東西在時間的流轉中會成為永恆，有的則倏忽而逝，連影子都看不到。孤獨感就在這時像某個青春少女的手一樣拂過了你的臉龐，這與親情或是愛情無關，而是與生俱來的作為普通人的個人感受，對於孤獨此一個人感受，村上有著更為深沉的思考。在《人造衛星情人》裡，村上這樣說道：「為什麼人們都必須孤獨到如此地步呢？我思忖著，為什麼非如此孤獨不可呢？這個世界上生息的芸芸眾生無不在他人身上尋求什麼，結果我們卻又如此孤立無助，這是為什麼？這顆行星莫非是人們的寂寥為養料來維持其運轉的不成？」實際上，每個人都有自己關於孤獨的答案，但是並不需要說出來，但是知道孤單感與自己的存在一樣明顯就已足夠，有時候，存在比答案更重要。雖然有人一再說「寂寞是可恥的」，但事實上，更多的熱鬧之下是更多的寂寞。

這種與生俱來的寂寞感很像村上筆下的「老鼠」，脾氣倔強，本性善良，重要的是，牠也和我們一樣，有著自己的悲歡離合。這種感覺頗像《挪威的森林》裡的渡邊。當渡邊送永澤的女友初美回宿舍途中，目睹她的風韻，感覺到她所發出的不過是微不足道的力量，然而卻能引起對方心靈的共振，直到許多年以後在聖塔菲氣勢奪人的暮色當中，「這時才領悟她給我帶來的心靈震顫究竟是什麼東西——它類似一種少年時代的憧憬，一種從來不曾實現而且永遠不可能實現的憧憬。這種幾欲燃燒的天真爛漫的憧憬，我在很早以前就已遺忘在什麼地方了，甚至很長時間裡我連它曾在我心中存在過都記不起了。而初美所搖撼的恰恰就是我身上長眠未醒的『我自身的一部分』。當我恍然大悟時，一時悲愴之極，幾欲涕零。」

不僅村上「幾欲涕零」，很多人都會「幾欲涕零」，這絕非軟弱的表現，而是經過一定歲數後自然而發的情愫。寂寞不是自尋煩惱，更非自我封閉，正如村上所言，那是一種對不可能實現的東西的憧憬。然而，那不可能實現的東西又是什麼？是吃早點的小姐的背影，是馬路上穿著粉紅連衣裙的少女的微笑，是背著書包哼著流行歌曲的國中生……這些都是曾經的我們，而我們則是他們將來的身影。寂寞的世界像草木一樣平凡，正是這種平凡，讓我們感受到了對方的親切。有人說所謂寂寞，就是生活在別處的惆悵，也有人說寂寞是對某類可能發生的事情的暗示，我想，寂寞是沒有固定模式的，猶如村上小說的故事沒有固定模式一樣。

在村上眼裡，現代社會，準確的說是「高度發達的資本主義社會」只是一架具有消費功能的巨大機器而已，所有的人都在這架機器裡尋找能夠被消費的價值，每個人都在明確自己的社會角色，定位自己的人生目標，這是一個漫長而又艱辛的過程，能抵達彼岸的人少之又少。於是「羊男」登場，幫助沒有找到人生彼岸的人開拓另一個可能的方向，那是南極，也可能是火星金星之類。這是真實世界的一個側面，是孤獨感的永生之地。通過孤獨，人們的信仰和決心得以保全，至少在孤獨中我們還能看到一條通往某處的道路，這就很不容易了。寂寞是老友，是陳年的酒，用這樣的詞語來形容，對於我是恰當的。這也是我為什麼喜歡一個人獨處，心甘情願被孤獨包裹的原因。用比較文學的語言來敘述這感受就是——獨孤是我探查世界的另一雙眼睛。

我從村上的身上發現了一種較為妥當的處世之道，那就是親近世界必須先遠離世界，唯有如此，你的思維，你的觀察才能顯出更為清晰的面目，而一旦世界的面貌清晰起來，你自己的心靈也會隨之清晰。這就是與世界調和的方法。遠離世界就必須讓自己孤獨，至少我是這麼想的，這不是[67]希區柯克的電影，也不是[68]黑澤明的武士世界。我們有我們的一套，藝術家有藝術家的一套，唯一相同的是，我們正在盡力讓自己活的更為灑脫一些。寂寞的外在表現其實就是優雅的人生態度，這種人生態度不僅屬於我們，更屬於村上春樹。毫無疑問，村上的呼喊擊中太多太多現代都市寂寞的心，村上的孤獨不是熱鬧的闕如，不是群體的對立；孤獨是積極的心態，是隨時可以用來鼓勵自己的方式，因為孤獨，所以需要努力的地方還有很多。

四月馬上就要過去了，天氣一天比一天炎熱，裹著冬裝的人像雲煙一樣消失不見。每一天都是新的，每一天又都是舊的，因為我們還是我們，村上還是村上。地球還在一如既往的公轉自轉，員警堅守崗位，學生按時上課。雖然濺粉出了問題，雖然電費越來越高，但是人們的日子還是照過不誤。以後在早餐店再也沒遇上那個馬尾小姐，但我還是照常去那家店吃早點，老闆依然熱情，早點依然普通。我在想，下次我會遇到怎樣一個人呢？是否還會有讓我恍然的背影？是否孤獨感會油然而生？一切很近，一切又很遠，我唯有期盼明天能早日到來。每一天都是新的，因為孤獨常在。

67 希區考克（Sir Alfred Hitchcock）：世界級電影導演，擅長拍攝驚悚懸疑片，《迷魂記》、《驚魂記》等作品多次被選入美國電影學會的百大電影名單中。

68 黑澤明：日本知名導演，被譽稱為「電影界的莎士比亞」，是帶領日本電影走向國際的重要人物。代表作有《羅生門》、《七武士》等。

後現代的唯美愛情

村上春樹的小說除了令人眼花繚亂的詭譎情節外，當然也少不了愛情的照應，雖然村上一再強調，青春愛情小說《挪威的森林》是自己寫作生涯中的例外，但是毫無疑問，愛情的元素在村上的作品中依然占據著一席之地。當然我們也必須看到，村上筆下的所謂愛情，與我們一般人想到的、看到的不太一樣，那是一種點到為止，極具抽象派風格的愛情。妻子愛上別人，然後私奔，自己背著妻子和年輕女性幽會，即便有直觀的性描述，讓人也不覺得齷齪，甚至有些唯美。村上的一大特點在於能將司空見慣的事物變得獨特，對於愛情的描寫也是如此。作為讀者，我們遭遇了「老鼠」的愛情，遭遇了渡邊的愛情，也遭遇了奇奇的愛情，每個人都在追求自己的愛情，這是生而為人的權利。即便是應召女郎，也有對愛情的美好憧憬。但很可惜，她們要嘛失敗要嘛離開要嘛死亡。

在這些多少有點神經質的男男女女身上，我們隱約看到了後現代都市人心的脈絡與情感的痕跡。他們也許面無表情，但絕對內心火熱。他們有他們的處世原則，聽上去很動人，看上去也真的不錯。在我們身處的這個「後現代社會」，村上用他的文字給我們上了一堂生動的課；不過村上即便寫得再如何精彩，怕是那樣的愛情邂逅，我們是無法在現實生活中看到的。或許村上也有他作為人的無奈，純粹的唯美愛情實際上並不存在，有的只是短暫的相逢和永久的想念，既然如此，人們為什麼還要在不完美的世界中尋找唯美的愛情身影呢？說到底，是我們過於脆弱。是的，越長大越脆弱，越脆弱越想找個人陪著說說話，或許這就是愛情的本質。

不過我想，人多少還是需要有一些對遙遠未來的美好憧憬的，不管這個遙遠的未來是自欺欺人還是語言遊戲。人們常說，現在的社會物慾橫流，如今的男女感情淡漠，村上當然也發現了這個讓人難過的事實，在後現代社會頻頻放出不太友好的目光面前，村上用他的筆記錄了一幅幅現代都市情感映像，讓我們歡喜讓我們憂愁。愛情只是人們生活的一部分，但卻是最易影響人生的一部分。

村上筆下的人物大多是思想新潮、大膽追求愛情的日本青年，他們的魅力不是陽剛型的，而是當前青年男女最喜愛的混合型；既惹人喜愛，又容易見異思遷，是村上春樹式都會男女的獨特魅力，多少折射出一絲社會文化心態的矯情。村上春樹筆下的愛情，以一種無法言喻的孤獨為主要色調貫穿始終，而每一個愛情故事無不以悲劇告終。他們一開始就被註定了結局，誰都拯救不了誰。就像一首歌詞裡唱的那樣：「你要走，我還空留什麼。」

「你要走，我還空留什麼」——這是一首我百聽不厭的老情歌，新歌越來越難聽，而老歌意猶未盡。最近一段時間我重拾了很多舊的東西，包括這首老歌。我聽著它等車，在街上溜達，在屋子裡做白日夢。我想，村上老兒年輕的時候大概也這麼做過，在他愛上一個人的時候，每個人都會遇上自己的「那一個」，不是在街上遇到，就是在騎樓裡遇到，遇到後，我們互相問好，留下彼此的聯繫方式，然後各自離去，某年某月的某一天，突然接到一個電話，說如果方便，想見上一面，於是，我們合情合理的見面，合情合理的交往，合情合理的撫摸對方的身體，最後合情合理的分手。

這樣的景象似乎更接近王家衛的電影。我看過這個男人的很多電影，以前沒怎麼懂，現在依然有些糊塗。對於愛情，家衛和村上一樣，表現的也有些抽象，不過王家衛更灰色些。說到電影，《挪威的森林》終於搬上了大銀幕，不管故事如何，情節篡改也沒關係，重要的是拍下來，然後每個人去尋找自己喜歡的那部分。那部分一定存在，就像我們的喜悅和悲傷一定存在。

屋外的風很大，鄰居家的小孩很吵，我關上門，再一次看了看村上的那張半身像。他在望著某處，透過相機鏡頭，他看到了什麼？我希望他什麼都沒看到，這樣他才會更堅定地將眼神朝向那方。木月自殺了，渡邊哭泣了，綠在風中呼喚某個人的名字。《挪威的森林》某種程度而言定下了村上寫愛情故事的基調——永遠有人讓我們心動，不管是在十幾年以後還是現在的某一時刻。這是我們活下去的寄託，人總是要有寄託的，用愛情來寄託沒什麼不好。假如有個女孩來投懷送抱，我想很多人都會求之不得。但是且慢，我想到了一句話——男人自古多情種，女人從來多薄命。我們能找到真正的愛情嗎？在直子和綠之間我們會做出怎樣的決斷？有人說生活就是一個問題疊著一個問題，看來說的完全正確。

愛情是自我感覺和美好細節的累積，這一點村上比誰都清楚，這裡還是得說說《挪威的森林》，在這部小說裡，愛情的細節無所不在，有的讓人會忍不住笑出聲來。村上通過這些細節告訴我們：如果不能好好把握，一些東西就會倏忽而逝。我喜歡這樣的細節，比如：

「她略一沉吟，稍頃嫵媚地丟下一笑，離座返回自己的餐桌。我從那張餐桌經過時，綠朝我揮一下手。其他三人則只是瞄一眼我的臉。」

《舞・舞・舞》裡也不乏這樣的段落：

「她的笑容稍微有點紊亂。如同啤酒瓶蓋落入一泓幽雅而澄寂的清泉時所激起的靜靜波紋在她臉上蕩漾開來，稍縱即逝。消逝時，笑臉比剛才略有退步。我饒有興味地觀察著這種細微而複雜的變化，不由覺得很可能有清泉精靈從眼前閃出，問我剛才投入的是金瓶蓋還是銀瓶蓋。」

村上累積細節，也善於在具有對立性的事物中找到平衡點，他的愛情故事也是如此，細節使之豐滿，村上使之高尚。沒有絕對的失望，只有永遠的希望，這一句話同樣能用在這裡。愛情就像啤酒瓶，開了以後就不可能重新蓋上。始終認為自己很無趣的村上春樹，在描寫愛情的細節時或許不會有這樣的感受吧。事實上，村上要比任何人更堅決對愛情的執著，雖然婚姻和愛情是兩碼事，但是作為讀者，我們依然能在村上和他妻子的兩人世界中發現曾經的愛情火花。有什麼樣的作者就有什麼樣的讀者，村上給予我們的不僅是好看的小說，還教導我們如何實在做人，這一點從閱讀村上小說的讀者特性中就能窺見一二，如果有誰想要向村上討得一兩招追求女生的高招，我想村上也是會愉快回答的，因為這樣的問題總比媒體記者重複無聊的採訪有趣多了。

後記

這是一本關於村上春樹的書，同時，也是一本祭奠青春的書。從這一點來說，本書的書名恐怕得改成《村上和我們的青春》。其實，叫什麼不重要，我們是否因此而受到某種程度的觸動才是最重要的。當我在高中時期與村上及其文學邂逅之後，我想這種觸動將會是長久的。

這本書在敘述上或許帶有太多的個人色彩，因為文中沒有批判，沒有攻擊，更沒有緋聞，只有貼著「村上讀者」這一標籤的我的感悟。時間能讓感悟充滿歲月的情調，也能讓這種情調潛移默化中影響我們對於自己的判斷。從村上春樹這個東瀛最具有文學影響力和市場號召力的作家身上，我更看到「時間之手」在我們每個人身上留下的痕跡。

很多時候，忘卻才能記住，離開才能相會。從學生時代到現在的社會新鮮人，社會給予我、或者我們的，更多是五花八門，充滿各種名目的噱頭和表演。當我們從沙丁魚罐頭般的公車裡下來，回到可愛的家中；當我們靜靜地坐在公園的一角，看別人的纏綿悱惻，作為村上迷，最先想到的可能是他筆下再清晰不過的城市印象。如果沒有想起什麼，那我們能做的唯有尋找。

寫這樣一本書，很大程度上就是借著「尋找」的名義給自己的青春做一個有名有實的交代。也許這有點一廂情願，但畢竟也是某種形式的與自己握手言和的方式。作為解讀村上的方式，能有尋找的「出口」也已足夠。從這個意義上來說，本書不僅是關於村上春樹，更是關於每個活生生的男人和女人的。

後記

在森林裡遇見村上春樹

作　　者　王光波

發 行 人　林敬彬
主　　編　楊安瑜
責任編輯　陳亮均
助理編輯　黃亭維
內頁編排　于長煦（帛格有限公司）
封面設計　鄭丁文

出　　版　大旗出版社
發　　行　大都會文化事業有限公司
11051台北市信義區基隆路一段432號4樓之9
讀者服務專線：(02)27235216
讀者服務傳真：(02)27235220
電子郵件信箱：metro@ms21.hinet.net
網　　　址：www.metrobook.com.tw

郵政劃撥　14050529 大都會文化事業有限公司
出版日期　2013年07月初版一刷
定　　價　280元
ISBN　978-986-6234-57-6
書　　號　B130701

First published in Taiwan in 2013 by Banner Publishing,
a division of Metropolitan Culture Enterprise Co., Ltd.

4F-9, Double Hero Bldg., 432, Keelung Rd., Sec. 1, Taipei 11051, Taiwan
Tel: +886-2-2723-5216　Fax: +886-2-2723-5220
Web-site: www.metrobook.com.tw　E-mail: metro@ms21.hinet.net

Cover Photography: front, dreamstime / 26840929

國家圖書館出版品預行編目資料

在森林裡遇見村上春樹 / 王光波 著.
-- 初版. -- 臺北市，大旗出版：大都會文化發行,
2013. 07
320 面；21×14.8 公分.

ISBN 978-986-6234-57-6（平裝）

1.村上春樹　2.日本文學　3.文學評論

861.57　　102011165

大都會文化　讀者服務卡

書名：**在森林裡遇見村上春樹**

謝謝您選擇了這本書！期待您的支持與建議，讓我們能有更多聯繫與互動的機會。

A. 您在何時購得本書：______年______月______日

B. 您在何處購得本書：____________書店，位於____________(市、縣)

C. 您從哪裡得知本書的消息：

1.□書店　2.□報章雜誌　3.□電台活動　4.□網路資訊

5.□書籤宣傳品等　6.□親友介紹　7.□書評　8.□其他

D. 您購買本書的動機：（可複選）

1.□對主題或內容感興趣　2.□工作需要　3.□生活需要

4.□自我進修　5.□內容為流行熱門話題　6.□其他

E. 您最喜歡本書的：（可複選）

1.□內容題材　2.□字體大小　3.□翻譯文筆　4.□封面　5.□編排方式　6.□其他

F. 您認為本書的封面：1.□非常出色　2.□普通　3.□毫不起眼　4.□其他

G. 您認為本書的編排：1.□非常出色　2.□普通　3.□毫不起眼　4.□其他

H. 您通常以哪些方式購書：(可複選)

1.□逛書店　2.□書展　3.□劃撥郵購　4.□團體訂購　5.□網路購書　6.□其他

I. 您希望我們出版哪類書籍：（可複選）

1.□旅遊　2.□流行文化　3.□生活休閒　4.□美容保養　5.□散文小品

6.□科學新知　7.□藝術音樂　8.□致富理財　9.□工商企管　10.□科幻推理

11.□史地類　12.□勵志傳記　13.□電影小說　14.□語言學習（_____語）

15.□幽默諧趣　16.□其他

J. 您對本書(系)的建議：

____

K. 您對本出版社的建議：

____

讀者小檔案

姓名：______________ 性別：□男　□女　生日：____年____月____日

年齡：□20歲以下 □21～30歲 □31～40歲 □41～50歲 □51歲以上

職業：1.□學生 2.□軍公教 3.□大眾傳播 4.□服務業 5.□金融業 6.□製造業

7.□資訊業 8.□自由業 9.□家管 10.□退休 11.□其他

學歷：□國小或以下 □國中 □高中／高職 □大學／大專 □研究所以上

通訊地址：______________________________

電話：（H）______________（O）______________ 傳真：______________

行動電話：______________E-Mail：______________

◎謝謝您購買本書，也歡迎您加入我們的會員，請上大都會文化網站 www.metrobook.com.tw 登錄您的資料。您將不定期收到最新圖書優惠資訊和電子報。

在森林裡遇見村上春樹

北區郵政管理局
登記證北台字第9125號
免貼郵票

大都會文化事業有限公司

讀者服務部 收

11051台北市基隆路一段432號4樓之9

寄回這張服務卡〔免貼郵票〕
您可以：
◎不定期收到最新出版訊息
◎參加各項回饋優惠活動

大旗出版
BANNER PUBLISHING

大旗出版
BANNER PUBLISHING